うどは春の香り

新・一膳めし屋丸九㊀

中島久枝

時代小説文庫

角川春樹事務所

本文デザイン／アルビレオ

目次

主な登場人物

お高《たか》◆日本橋北詰の一膳めし屋「丸九」のおかみ。
父・九蔵が料亭「英《はなぶさ》」の板長を辞めて開いた店を、
父亡きあとに二十一歳で引き継いだ。三十二歳。

お栄《えい》◆五十一歳。最初の夫とは死別、
二度目の夫と別れてからはひとりで生活し、先代のときから丸九で働く。

お近《ちか》◆丸九で働く十九歳。仕立物で生計を立てる目の悪い母とふたり暮らし。

徳兵衛《とくべえ》◆丸九の常連。「升屋《ますや》」の隠居で、なぞかけ好き。

惣衛門《そうえもん》◆丸九の常連。渋い役者顔で、かまぼこ屋の隠居。

お蔦《つた》◆丸九の常連。五十過ぎで艶っぽい端唄の師匠。

政次《まさじ》◆お高の幼なじみ、仲買人。妻・お咲との間に二人の子供がいる。

草介《そうすけ》◆お高と政次の幼なじみ。尾張で八年間修業してきた「植定《うえさだ》」の跡取り。

作太郎《さくたろう》◆双鷗《そうおう》画塾で学んだ陶芸家。英の先代の息子。

もへじ◆双鷗画塾で学んだ絵師。

うどは春の香り

新・一膳めし屋丸九《まるきゅう》 一

第一話　うどの香りが春を呼ぶ

一

如月《きさらぎ》の空は群青色《ぐんじょう》で星が鋭い光を放っていた。

〈丸九《まるきゅう》〉のおかみ・お高《たか》は、ようやく使い慣れてきた厨房《ちゅうぼう》の土間におりてかまどに火を入れた。パチパチと小枝が燃えて赤い炎が見えた。薪《まき》をくべると、やがて大きな炎となった。

日本橋《にほんばし》北詰近くの店の厨房は父の九蔵《きゅうぞう》以来だったから、十年以上をそこで過ごしたことになる。土間のかまどの位置も板の間の水屋《みずや》簞笥《だんす》の場所も、体が覚えている。三月《みつき》ほど前に越してきた檜物町《ひものちょう》の厨房も広さはほとんど同じだが、かまどの向きや板の間の広さが少し違う。だから、ほかのことに気を取られると、体が泳ぐような感じがする。

そのたびに胸の奥が少し波立つ。

もらい火で焼けたのだから仕方がないことではあるが、もう、以前の丸九とは違うのだという思いだ。

丸九は父の九蔵が働く人にうまいものを食べてもらいたいとはじめた一膳《いちぜん》めし屋だった。一日千両が動くという河岸《かし》のほど近くに店を構えていた。

夜明け前には店の前に、河岸に荷を運んだ漁師や船頭、そこで働く仲買人《なかがいにん》たちが並んだ。冬などは店が開くのを待つ男たちは寒さに足踏みをした。その音が聞こえるような気がした。

山盛りの白飯に熱い汁、おかずは旬《しゅん》の魚の煮つけや焼き魚、そこに小鉢、香《こう》の物、甘味《かんみ》がつく。腹をすかせた男たちは大きな手でどんぶりをつかみ、気持ちのいい食欲ですするするとおかずと汁とともに白飯をかき込んだ。肩の肉を盛り上がらせた男たちは飯を食うだけで、体から熱を発した。汗と脂《あぶら》が湯気になって吹き出すような感じがあった。

腹も減っているが、気も急《せ》いているのだ。

早く持ち場について客の相手をしなければ。

いい魚を、野菜を目利きするんだ。

そんな思いがひしひしと伝わってきた。

しかし、日本橋川をひとつ渡っただけなのに、檜物町は違う表情を見せる。

ここは芸者衆が暮らす花街《かがい》だ。

耳をすますと鳥の声にまじって、家路をたどる男たちのひそやかな足音が響き、芸熱心な芸者がさらう三味線の音がかぶさる。ゆるやかに夜の終わりと朝のはじまりがまじりあう町だ。

以前と同じく、丸九には河岸の男たちがやって来る。

今は、そうした男たちにまじって夜更けまでにぎやかに宴《うたげ》を盛り上げ、すきっ腹を抱えた芸者や幇間《ほうかん》たちもやって来る。彼らがまとうのは甘く、ときに饐《す》えたような白粉《おしろい》と汗の匂いだ。

彼らもまた働く人たちである。

昼近くなれば、前と同じくゆっくりと食事を楽しむご隠居たちがやって来る。五と十のつく日は夜も店を開ける。

お高は水を入れた鍋《なべ》をかまどにかけた。

父の九蔵は、〈英《はなぶさ》〉という日本橋の一流の料理茶屋の板長をつとめた男だった。お高はその父から料理を習った。三十二になる大柄な女で、肩にも腰にも少々肉がついたが、きめの細かい肌はつややかで、髷《まげ》を結った黒々とした髪は豊かだ。黒目勝ちの大きな瞳は生き生きとしている。

お高は二年前から英の跡取りで、九蔵とも懇意《こんい》であった作太郎《さくたろう》と暮らしている。

お高は楷書《かいしょ》の女だ。

作太郎は草書《そうしょ》だ。

生真面目《きまじめ》で一途《いちず》で不器用だ。

絵師をめざし、名門、双鷗《そうおう》画塾《がじゅく》で学び、将来を嘱望されていたが、絵師として生きる道を選ばなかった。英も立ちゆかなくなり店を閉じた。

今、作太郎は釣りをし、たまに絵を描き、気まぐれに厨房に立つ。

博学で人あたりがよく、姿のいい作太郎のまわりには人が集まる。凝《こ》り性《しょう》で研究熱心で、なんでも器用にこなすけれど、道を究《きわ》めることはしない。

作太郎は金に執着しない。だから日々の暮らしを支えるのはお高だ。

そんな作太郎と暮らすお高はこのうえもなく幸せで、ときどき不安になる。

「ああ、寒い、寒い」

お栄《えい》が裏の戸を開けて飛び込んできた。

「しかし、ここは面白いところですよねぇ。あたしみたいな年寄りが歩いていても声をかけてくる男がいるんですよ。『今、あたしを呼んだのはお前さんかい？』って振り向いたら、腰を抜かしそうになっていましたよ」

笑いながら、白い手ぬぐいを取り出した。細い目鼻に耳まで裂けた真っ赤な口が描いてある。

「また、そんな悪ふざけをして」

「少しくらい脅かしておいたほうがいいんです。遊びもたいがいにしないとね」

お栄は口をとがらせた。

「今、お湯が沸いたところよ。少し温まったら」

ふたりはかまどの前に並んで空き樽《だる》に腰をおろし、白湯《さゆ》を飲んだ。

お栄は丸九をはじめた父の代から店にいて、お高のことを支えてくれる人だ。小さなやせた体できびきびとよく動く。細い目に小さな口。よけいなことは言わないが、ときどき厳しいことを言う。

「今日のお菜《さい》はなんですか」

「さわらのみそ漬け焼きに〈春の雪〉、わかめと揚げのみそ汁にたくわん漬け、甘味はお汁粉《しるこ》よ」

「春の雪ってのは、たしか旦那さんの十八番《おはこ》でしたね。ちょうど今の季節に出していましたよ。うどの皮をむいてせん切りにして、小松菜でつくった緑酢を敷く。緑の小松菜の上にのせたうどを雪に見立てて、春の雪。旦那さんらしいきれいなひと皿だ」

「よく覚えていたわね。おとっつぁんの料理帖《ちょう》にあったのよ。少し手間がかかるから、どうかなと思ったんだけどね」

深夜の火事で店も二階の住まいも焼けた。かろうじて持ち出したもののなかに九蔵が生前書きおいた料理帖があった。出来上がりのていねいな図とともに材料とつくり方が書いてあるものだ。お高が料理人をめざすと知ってから少しずつ書きためてくれたに違いない。

「お高さんがつくってくれたら旦那さんも喜びますよ」

「そうだといいんだけど。まだまだだなって叱《しか》られそうよ」

お高は笑った。

前の丸九は店の形も、出す料理も、器ひとつに至るまで、すべて九蔵がつくりあげたものだ。お高が加えたのは、食後に小さな甘味をつけることぐらいだ。

九蔵の味を知っているお客たちは、どこまでやれるかと心配したり、応援したりしながらお高を支えてくれた。

その店が焼けて使えなくなり、思い切って檜物町にやって来た。

以前は十席だったが、こちらは十八席。しかも二階に床の間付きの八畳の部屋がある。ちょっとした宴会ができる広さだ。

おかみとして十年。少しは自信もついている。お栄とお近《ちか》という心強い助けがあり、作太郎という連れができた。九蔵の土台を引き継ぎつつ、お高ならではの新しい店をつくるときではないか。そんな気がしたのだ。

お近は夜明けの道を急いでいた。

小さな顔にくりくりとした目ばかり目立つ十九の娘で、ああ言えばこう言うと口が達者で、案外客あしらいもうまい。お客を席に案内したり、注文を取ったり、膳を運ぶのはお近の役だ。

檜物町に移ることになって、お高と作太郎は店の近所に小さな家を借りた。お栄も親分《おやぶん》と名づけた猫とともに移ってきた。以前、引っ越し先をさがしたときには、年配の女の一人暮らしは困ると大家に渋られたのに、丸九の店を借りるついでに話をもっていったらすんなりと決まった。

本当のことをいえば、お近も店の近くに越してきたかった。

神田《かんだ》から檜物町までは結構な距離があるからだ。

だが、悪い目をいたわりながら仕立物で暮らしを立てている母親は、引っ越しを嫌がった。長屋の人たちにはなにくれと世話になっている。今さら新しいところで暮らすのは大変だというのだ。考えてみればそのとおりだ。片親で育ったお近は母親思いでもある。引っ越すことはあきらめた。

毎朝のことなので自身番とも顔なじみである。

ごちゃごちゃと押しくらまんじゅうをするように小さな家が並ぶ神田から今川橋《いまがわばし》を越えて日本橋に入ると、店の構えが変わる。駿河町《するがちょう》あたりに来れば呉服の越後屋《えちごや》をはじめとした白壁の蔵造りの立派な店が立ち並ぶ。その先は室町《むろまち》で河岸のある日本橋に近づくにつれて八百屋だの、酒屋だのが増えてくる。

北の橋詰めを経て日本橋を渡って通町《とおりちょう》に入ると、また様子が変わる。

さて丸九のある檜物町はといえば、これがひと言では言い表しづらい。

花街というからどんなところかと思ったが、瀬戸物や貸本屋などふつうの店もたくさんあって朝からちゃんと店を開けているし、路地では子供が遊んでいる。そのあたりは、神田とたいして変わらない。

路地の先に〈阿《あ》さ川《かわ》〉という芸者置屋がある。

おかあさんと呼ばれる主《あるじ》は色の黒い、背の低い、甲高《かんだか》い声でしゃべる女だ。玄人筋《くろうとすじ》の人は年をとっても色香があるというが、このおかあさんからは、まったくそういう感じはしない。

出入りする女たちはきれいな人もいれば、ふつうの人もいる。それが髪を結い、化粧をするとちゃんと芸者の顔になる。十五、六のふっくらとした頬の娘がいた。化粧をしていないときは奥二重の地味な顔だちの子で、夜になると桃割れの髪にぴらぴらとした飾りのついたかんざしを挿してお座敷に出かけていく。

この町は昼の顔と夜の顔が全然違う。

表があって裏があり、嘘《うそ》とほんとうがするりと入れ替わるのが大人の世界というものので、つまりそれが檜物町というところなのだ。

お近は勝手にそう解釈した。

「おっはようございまーす」

大きな声とともにお近が勢いよく入ってきた。

「寒かったでしょ。ちょっと、ここで温まりなさいよ」

お高がかまどの前を空けた。

「ねぇ、今日のお菜は何？」

「さわらのみそ漬け焼きに、九蔵さん直伝の春の雪、わかめと揚げのみそ汁にたくわん漬け、甘味はお汁粉ですってさ」

お栄がお高に代わって答える。

「春の雪って？」

「うどと小松菜の小鉢」

「じゃあ、あたしはそう説明しようっと。いちいち、春の雪ってなんですかって聞かれるのはめんどーだもん」

お近は屈託《くったく》のない様子で答える。

「さぁ、はじめようか」

お高は立ち上がった。

お近が野菜を入れたかごを持って裏の井戸に行く。お栄は米を量り、お高はだしをとる湯を沸かし、あずきの鍋を火にかけ、うどを切りはじめた。

山菜のうどが江戸で栽培されるようになったのは文化文政のころだそうだ。八百屋が持ってきた吉祥寺《きちじょうじ》村のうどは長さは六、七寸（約十八〜二十一センチ）、日に当てぬよう盛り土をして育てたので茎は白く、茶色の根と薄緑の小さな葉がついている。

お近がやって来て、しげしげとうどをながめた。

「ねぇ、お高さん。『うどの大木』の『うど』ってこれのこと？　大木じゃないよね。どういう意味？」

「うどは草花だけど、夏になると木みたいに大きく育ってわさわさと葉を茂らせるの。でも、草花だから柔らかくて材木としては使えない。それで体ばかり大きくて役に立たない人のことを言うのよ」

お高が答えた。

「なんだ、そういう意味かぁ。この前、近所の子に『背が伸びたね、うどの大木だ』って言ったら、お袋さんに怒られたんだよ」

お近がぺろりと舌を出す。

「当たり前だよ。まったく、ものを知らないんだから」

お栄が呆《あき》れた。

薄茶色のうどの皮をむくと、中は白く、少しくせのあるうどの香りが立ちのぼった。包丁を入れるとシャキシャキと小気味のいい音をたてた。水にさらすと、さらに白さが際立つだろう。

小松川《こまつがわ》でとれた小松菜は茎が太く、葉は濃い緑をしていてほのかな苦みと甘みがある。葉をちぎってすり鉢ですると、青菜の香りがした。水を加えてさらし布でこす。たちまちさらし布は緑色に染まり、汁がしたたった。これに火を入れ、上澄みに白みそと酢を加えて緑酢にする。

小松菜は寒さに強い野菜で、土に藁《わら》をかぶせておくと霜がおりるような季節でも芽を出し、昼の温かい日差しを受けて育つ。緑の少ない季節にはありがたい。

小鉢に出来上がった緑酢を注《そそ》ぎ、うどをこんもりと盛りつけた。小松菜の緑にうどの白さが映えて美しい。

「ああ、きれいですね。べっぴんさんだ」

お栄が目を細めた。

やがて釜《かま》から白い湯気が立って飯が炊きあがり、みそ汁の香りが厨房に満ちるころ、店の前には腹をすかせた男たちがやって来る。

「お近ちゃん、のれんを上げて」

お高は言うと、お近は「よし、きた」と入り口に向かう。

「おう、今朝も寒いな」

「今日のおかずはなんだい」

「腹が減って倒れそうだよ」

口々に言いながら席につく。

お高は焼きあがったさわらを皿に盛りつけ、手早く春の雪やたくわん、お汁粉を添え、お栄がご飯と汁をよそう。お近が手早く膳にのせ、客に運んでいく。

忙しく活気のある一日がはじまった。


昼近くなると、いつものように、酒屋の隠居の徳兵衛《とくべえ》とかまぼこ屋の隠居の惣衛門《そうえもん》、端唄《はうた》師匠のお蔦《つた》がそろってやって来た。

膳を運ぶと惣衛門がさっそく春の雪に目をとめた。

「おお、この小鉢はきれいですねぇ。檜物町に来てから、お高さんの料理はなおいっそう磨きがかかりましたね」

鼻筋の通った端整な役者顔をくずしてほめてくれる。

「おとっつぁんの料理帖にあったんですよ。一度つくってみたいと思って」

「春の雪って呼び方も粋じゃあないですか。今の季節にふさわしいよ」

端唄師匠のお蔦がほほえむ。年相応に目尻にしわもあるのだが、なんとはなしに色っぽい。

「お、ひとつ浮かんだぞ」

なぞかけを思いついたらしい徳兵衛が声をあげた。ころりと丸い体で人のよさそうなたぬき顔の男だ。

「うどとかけて、名医の膏薬《こうやく》ととく」

「おお、なぞかけですか、久しぶりですねぇ。うどとかけて、名医の膏薬ととく。その心は……」

惣衛門が続ける。

「春（貼る）がよい」

「はは、うまい」

奥の席から笑い声があがった。六十に手が届くだろうか。白髪の老人である。町人髷《ちようにんまげ》に白足袋《しろたび》で、流行《はや》りの鶯《うぐいす》色の膝まである長羽織に茶の縞《しま》の着物、こげ茶の半襟をのぞかせている。北の橋詰め近くの店ではついぞ見かけなかった粋《いき》な装いだ。檜物町あたりの隠居だろうか。

老人はひとりで来ていた。ゆっくりと味わい、食べ終わるとお高を呼んだ。

「ここの料理はあんたがつくっているのかい」

「はい。おかみの高と申します。お口に合えばよかったのですが」

お高は答えた。

「おいしかったよ。とくに小鉢がいいね。今は閉めてしまったけれど、日本橋にあった料理茶屋で食べたのと同じ味がした。あんた、その店と関わりのある人かな」

男はお高の顔をじっとながめた。

「父の九蔵は英の板長をしておりました。私は父から料理を習いました」

老人は小さくうなずいた。

「そうだ。英だ。懐かしいねぇ。私は室町で袋物《ふくろもの》を商っている松葉屋《まつばや》の隠居の伝兵衛《でんべえ》という。英にもよく行ったもんだよ。九蔵さんがいたころの英が一番力があった。あんたは、あの人の娘さんか……」

懐かしそうな顔になった。

「それじゃあ、ここではほかにも九蔵さんの料理を出しているのかい？　今の季節なら……はまぐりの汁とか。大粒のはまぐりを小鍋で煮るんだ。だしははまぐりから出るから、味つけは酒と少しの塩、それにたっぷりの白髪ねぎ。おろししょうがを薬味にして食べる」

簡単すぎて料理ともいえないようなものだが、話を聞いただけでうまいと分かる。

しかし、こういう料理に目がいくのは、相当に通いつめた食通である。最初は皮目を炭でこんがりと焼いたかつおのとろけるような脂のうまさや、鯛《たい》の風味、平目《ひらめ》の歯ごたえに心を奪われる。手の込んだ煮物椀《わん》や吸い物の美しさに驚かされる。

はまぐりの汁のようななにげない、素材そのもののような料理の面白さに気づくのは、それらを通り過ぎた後である。

「ああ、それ、俺、食ったことがあるよ。最後にご飯を入れておじやにしたよ」

離れた席の徳兵衛が話に割り込んだ。

ただし、徳兵衛が食べたのは英ではない。九蔵が丸九を作ってからの話だ。

「そうだ。おじやがあった。うん、あれは絶品だ」

伝兵衛がうなずく。

「そうか、あんたは英に通った口かぁ。そんじゃさぁ、〈おぼろ大根葛《くず》かけ〉は食ったことがあるかい」

大好きな九蔵の料理の話になったものだから、徳兵衛は席から立ち上がり、伝兵衛のそばにやって来た。

「おぼろ……」

「大根をすりおろして、白玉粉なんかをまぜて蒸してから葛あんをかけて、おろししょうがで食べるんだ。これは、もう、絶品だね」

「ちょいとほろ苦い大根のうまさを味わう料理だね。だしもしょうゆも使わない。九蔵さんらしい料理だね」

「そうなんだよ。これがねぇ、体にしみるんだよ。じわーっと温まって翌朝は動きが軽い。体がきれいになった気がする」

徳兵衛は熱弁をふるう。

料理帖にあったがお高が丸九で出すには、すりおろしたり、蒸したり手間がかかりすぎるのでつくったことはない。

「私が好きなのは、〈ふわふわ玉子〉ですよ」

伝兵衛がまた新しい料理を告げた。

「いやぁ、それは、俺は知らねぇなぁ。どんなもんだ」

徳兵衛が身を乗り出した。

「だしに泡立てた卵が浮かんでいるんですよ。ふんわりとやわらかくて玉子焼きにはないおいしさがある」

「おお、話を聞いただけでうまそうだ」

横でお高はため息をついた。ふわふわ玉子は小さな鍋でひとつひとつつくる料理なので、こちらも店で出すつもりはなかった。

しかし、うまいものの話を聞いておとなしく引っ込む徳兵衛ではない。目を輝かしてお高に訴えた。

「ねぇ、いいじゃねぇか。俺も久しぶりに昔の九蔵さんの料理を食べたくなったよ。お高ちゃん、できるんだろ。そういう料理をつくってくれよ」

「ああ、いいですなぁ。一膳めしもいいけれど、せっかくなら、夜にゆっくりと食べたい。この店は夜は開けないんですか」

伝兵衛がたずねた。

「開けるよ。五と十のつく日は夜もやるんだ。酒も出す。そうだよ。そのときなら、少々手間のかかるもんだっていいじゃねぇか。……このお高ちゃんはさ、昔はまじめ一方で楷書の女って言われていたんだ。今はご亭主もいるから角がとれて草書になった。はまぐりの汁とかおぼろ大根葛かけのよさも分かるようになったんだよ」

「徳兵衛さん、もう、勝手なことを言わないでくださいよ」

お高は頬を染めた。

遠くから惣衛門が「無理を言っちゃいけませんよ」とたしなめるが、徳兵衛の耳には届かない。

徳兵衛と伝兵衛、ふたりはすっかり意気投合してしまった。

店を閉めて裏手にある家に戻ると、釣りから帰った作太郎が台所で魚をさばいていた。

「今日は石鯛《いしだい》が釣れたんだ。半分は刺身にして、残りは煮つけにしようと思って」

ざるの上に白と黒の太縞を光らせた石鯛があった。

近ごろ、作太郎は釣りに凝っている。日に焼けて肌は黒くなり、精悍《せいかん》な顔つきになった。

知り合いに誘われてあじを釣りに行ったのが最初で、今では三日とあげずに通っている。江戸の海は多摩川《たまがわ》、大川《おおかわ》などの河川から流れ込む土砂がつくった「洲《す》」と呼ばれる浅瀬があり、その先には深場が入り組んだ「澪《みお》」がある。魚の種類もさまざまで、今の季節ならあじに石鯛、甘鯛、平目、石持《いしもち》、墨いか。もう少し暖かくなれば、めばる、黒鯛、かれいがとれる。魚が変われば釣れる場所もしかけも異なるから、凝り性の作太郎にはそれが楽しいらしい。

「今、できるから、お膳の用意を頼むよ」

作太郎は器用に包丁を使って石鯛をさばき、刺身の準備をする。その一方で、煮つけの鍋を準備する。

お高がみそ汁のためのだしをとろうとしたら、作太郎が言った。

「漁師に言われたよ。かつおぶしなんかでだしをとったらもったいない。あらからいいだしが出るから、それで十分。とくに鯛は頭《かしら》も骨も皮も捨てるところがないんだって」

作太郎は鯛の頭を入れた鍋を火にかけると、ぶつ切りのねぎを放り込んだ。

「これでいいんだ」

「漁師料理ね」

白い湯気があがると、うまみのある香りが立ちのぼった。塩としょうゆで味を調えると、思いのほか品のいい澄んだ汁になった。

石鯛の刺身と煮魚が膳に並ぶ。器は志野《しの》で作太郎が焼いたもので、白地に薄青い釉《うわぐすり》がかかっている。それに鯛のだしでとった汁と白飯、青菜のおひたしにぬか漬け、酒が少し。

「うまいなぁ」

作太郎がしみじみとした言い方をした。

「料理の腕じゃないよ。魚がいいんだ。九蔵さんがよく言っていたよ。うまい料理をしようと思うのは料理人のおごりだ。魚と野菜の声を聞いて、ちょっと手を貸せばいいんだって」

「たとえば……はまぐりの汁？」

「大粒のはまぐりを小鍋で煮て、おろししょうがで食べるやつかい？　うん、あれはうまい。よそでも同じようなものを出しているんだけど、九蔵さんのは」

作太郎は白い歯を見せて愉快そうに声をあげた。笑うと目尻にしわができる。それは年をとってできるしわではなく、人柄がつくるすがすがしいしわである。

「今日、英のおなじみだったっていうお客さんが来たの。それで、はまぐりの汁の話になった」

「相当な通《つう》だな」

「私もそう思う。徳兵衛さんのお好みはおぼろ大根葛かけ」

「はは。渋いところにくる」

「ほかにはふわふわ玉子」

作太郎は膝を打った。

「そうそう。ふわふわ玉子。懐かしいなぁ。そうだなぁ。あれこそ、九蔵さんらしい料理だ。九蔵さんの料理は軽やかで面白みがある。草書だね。角がとれて流れるように美しい。いいなぁ。九蔵さんの料理、食べたくなった。……そうだ、そういう宴を二階でやらないか。もちろん、私も手伝うから」

「二階で？」

「そうだよ。一度、お披露目《ひろめ》をしただけで使っていないからもったいないと思っていたんだよ」

自分とお高の盃《さかずき》に酒を注ぎながら作太郎は言った。

前《せん》の丸九が隣家のもらい火で使えなくなり、新しい店を探すことになった。檜物町の店は一階がひと回り広く、二階にも立派な座敷があった。一膳めし屋の二階にはもったいないような凝った欄間《らんま》と太い床柱《とこばしら》に目をみはった。

――日当たりのいい、気持ちのいい部屋じゃないか。窓から日本橋川と桜が見えるのがいい。ここなら、夜も客を呼べる。お高さんもつくってみたい料理があるって言っていたじゃないか。

贅沢《ぜいたく》なものが好きな作太郎はひと目で気に入ったらしい。

お高も新しい土地に移るなら、新しいことをはじめたいという気持ちはある。それには、この店も檜物町という土地も面白い。

だが、先立つものがない。店賃《たなちん》も上がるし、ふたりが住む家も別に用意しなくてはならない。

考え込んでしまったお高に作太郎は明るい顔で言った。

——なんとかなるよ。

そのひと言で心が決まった。徳兵衛や惣衛門など、知り合いに頭を下げて金を借りた。

幸い、店は今までどおりお客が集まり、極《きま》りの金を返すことができているが、気がつけば三月は過ぎて、二階の宴にまで思いが回らなかった。

「おとっつぁんの料理を食べる会。やってみようかしら」

お高は答えた。

「よし、決まりだ」

それからふたりであれこれと考えた。

人数は十人。

料理は春の雪、はまぐり汁、おぼろ大根葛かけ、ふわふわ玉子……。

「英では釣魚《ちょうぎょ》を使っていたんだ。いっそのこと釣魚でいかないか。そのほうが店の売りができる」

「釣魚で刺身？」

「それに煮つけ」

「揚げ物も加えたいわ。魚のすり身を揚げた天ぷらはどうかしら。おとっつぁんは好きだったのよ。それから、甘味はうずら焼き」

白玉粉と上新粉の皮で粒あんを包んだ焼き餅《もち》である。

「どんどん増えるな。よし、こんな感じでいってみようか」

作太郎は紙を取り出し、料理名を書きとめた。


翌日、さっそくお栄とお近にこの話を伝えた。

「忙しくなるけど、その分、お給金をのせるから」

「大入袋《おおいりぶくろ》とかも出るの？」

ちゃっかり者のお近がたずねる。

「それはあんたの働き次第だね。お高さん、気を遣わなくてもいいんですよ。せっかく二階があるのに使わないのはもったいないと思っていたんですよ。あたしたちもうんと働いて、金を稼がないとね」

お栄はやせた自分の腕を叩《たた》いた。

釣魚料理をはじめるならば、まず、腕のいい漁師を探さなくてはならない。

「それなら品川《しながわ》の富蔵《とみぞう》さん一家がいるじゃないですか」

お栄がすぐに答えた。富蔵一家は丸九のおなじみである。

「ええ、やだよう。剛太《ごうた》の親父《おやじ》に頼むの？」

声をあげたのは、お近だった。

富蔵には鉄平《てっぺい》、勇次《ゆうじ》、幸吉《こうきち》、剛太という四人の息子がいて、父とともに漁に出ている。

潮風にさらされた髪は赤く縮れ、日に焼けた顔にひげをたくわえている。力のありそうな腕は太く、胸は厚い。その姿を見ただけで、いい漁師であることが分かる。

もっとも四男の剛太だけは、まだ半人前のほっそりとした体つきだが。

この剛太とお近は一時、仲がよかったことがある。

跳ねっかえりのお近と少々気の弱いところのある剛太は馬が合っていたようだが、剛太の幼なじみのおかねという娘が現れて事情が変わる。あれやこれや恋のさやあてがあった末、突然、父親同士が決めておかねは剛太の兄、三男の幸吉といっしょになることが決まった。それが剛太のおかねへの気持ちに火をつけた。

ひと騒動あって、お近はすっかり剛太に愛想をつかしてしまったのだ。

「嫌なのかい？」

お栄がたずねた。

「いや、いいよ。もう、あいつとはなんでもないから」

お近はもぞもぞと答えた。

そんなことがあったが、店に来た富蔵にお高が声をかけると、富蔵は相好《そうごう》をくずした。末の息子のかつての騒ぎなどもとより眼中にはない。

「釣魚料理をしたいって。うれしいねぇ。それを言ったのは、あんたとこの旦那だろ？　わかるさぁ。英の息子だったんだろ。さすがにうまいもんを知っているよ。一本釣りを食べたら、網でとった魚は食えねぇよ。うちのはとくにさ。魚はなにが欲しい。今なら脂がのっているさわらとかどうだ？」

「刺身と煮つけと揚げ物にするつもりなの」

「つまり、適当にうまいところをいろいろまぜてってやつだな」

確約して帰っていった。

九蔵の料理を食べる会を開くと徳兵衛たちに伝えると、とても喜んだ。

袋物屋の伝兵衛が知り合いをふたり連れてくると言い、絵師のもへじは地本問屋《じほんどいや》の萬右衛門《まんえもん》とともに来たいと答え、たちまち十人の席が埋まってしまった。

それからは午後、店を閉めた後の手の空いた時間に、作太郎やお栄、お近に手伝ってもらって料理をつくってみた。

九蔵の料理帖は料理人が料理人に伝えるものだから、簡単なつくり方しか書いていない。

「おぼろ大根葛かけは、大根をすりおろしたら汁気をしぼるんですよね。どれくらいしぼったらいいんです？」

「さらし布に包んでかるく握るくらいでいいんじゃないかしら」

お栄がたずね、お高が答える。

「お高さんは手の力があるから。お栄さん、ほら、もっとぎゅっと絞らないと」

お近が自分のことはそっちのけで、お栄の世話を焼く。

作太郎はその脇でひとり静かにふわふわ玉子に取りかかっていた。

「あらぁ、上手にできましたねぇ。作太郎さんもすっかり、料理人ですねぇ」

「まったくだ。自分でもそう思う」

まんざらでもない様子で作太郎が答えた。

出来上がったふわふわ玉子をいつもの白い瀬戸の器にのせた。

「やっぱり、もう少しいい器が欲しいわねぇ」

お高が言った。

「器によって料理の格が決まるものなぁ」

作太郎もうなずく。

「うちにあるのは、普段使いのものだものね」

お近が言いにくいことをあっさりと口にする。

丸九で使っているのは、九蔵が窯元《かまもと》に注文して焼かせた白地に藍《あい》色の線が入った瀬戸の器である。茶碗《ちゃわん》はご飯がたくさん入るように大ぶりで、煮物や焼き物には、汁も入るよう少し深さのある七寸皿だ。ほかには、なんにでも使える小皿と小鉢の類《たぐい》である。割れたり、欠けたりするから、折を見て焼き足してもらい、使いつづけてきた。

とはいえ、やはり、一膳めし屋の器なのである。

「時間があれば、志野にでも行くんだけどなぁ」

作太郎がつぶやき、お栄が「ほら、ほら」というようにお高を見る。

「今回は、このお皿でいいのじゃあ、ないかしら」

お高は静かに答えた。

以前の作太郎はあちこちの窯元をたずね歩いて、作陶《さくとう》をしていた。一度旅に出ると、ふた月も三月も江戸に戻らない。その間、素封家の家に客人として滞在し、掛け軸や襖絵《ふすまえ》を描いたりしていた。そんな暮らしが許されたのも、英という後ろ盾と双鷗画塾で学んだ絵師という看板があったからだが。

お高としたら、もうそんな風来坊のような暮らしはやめて、自分のそばにいてほしいところだ。


仕事を終えて夕方お近が丸九を出ると、角のところに剛太がいた。

「よぉ。久しぶりだな」

剛太が言った。

「昨日も親父さんたちと店に来たじゃないの」

お近はそっけなく答えた。

「あれはあれだ。そういうのとは別だよ」

なにが「別」なのだ。

お近は剛太の顔を横目でちらりと見た。

少し背が伸びて、よけいに体が細くなったような気がする。

以前、ふたりは両想いだった。少しでも長くいっしょにいたくて帰りも遅くなり、朝起きられなくて、お高やお栄に叱られたこともある。

幼なじみのおかねがやって来て、剛太を自分のもののように言ったときは本当に腹を立てた。おかねに対してもだが、そういうおかねに引っ張られてどっちつかずの態度をとる剛太がもっと嫌だった。

「口のところ、なんかついているよ」

剛太はあわてて口元をふいた。

「それ、ひげかぁ。似合わないからやめたほうがいいよ」

兄たちをまねているらしいが、ぽよぽよと細いひげがまばらに生えているだけだ。

お近に言われて剛太は頰を染めた。

「ちぇ。なんだよ。せっかく誘ってやろうと思ったのにさ」

剛太は怒って帰っていった。

「ふふ」

笑い声がして振り向くと、置屋の阿さ川の半玉《はんぎょく》がいた。奥二重の目を細め、ぽってりとした唇を開いてたずねた。

「あの人、あなたのいい人だったの？」

「ちがうよ。全然違う。ただの友達」

お近は答えた。

「でも、向こうはそう思ってないみたいよ」

「もう関係ないのになれなれしくされるのが嫌なんだ」

「そうだね。あたしも、そういうのは好きじゃない」

娘は大人びた様子で答えた。笑うと白い八重歯が見えた。

「あたしそこの置屋にいる初花《はつはな》っていうの。あんた、いつも、夜明け前に通りを走ってくるでしょ。あたし、毎朝、あんたの足音で目が覚める」

「……そうか、ごめんね。あたしは近っていうんだ」

「いいのよ。どうせ、起きなきゃなんないんだし。それにあたし、あんまり寝なくても平気なの」

初花は袂《たもと》から出した白い紙包みを手渡して去っていった。広げると、飴玉《あめだま》がふたつ入っていた。

二

当日、昼過ぎにお客が帰ると、大急ぎでしたくにかかった。

お高がだしをとる脇で、お近はおぼろ大根葛かけの大根をすりおろす。お栄は春の雪の小松菜を刻みはじめた。作太郎も天ぷらにする魚をすり身にし、えびは殻をむいてたたいている。

何日か前、試しにつくってみたときはおしゃべりしながらだったが、この日は本番。真剣勝負である。余分な口はきかない。お近でさえ、口を真一文字に結んでひたすら手を動かしている。

日が暮れて、あちこちの明かりがつくころ、準備が終わった。あとはお客の顔を見てから仕上げるのだ。

「今日はよろしくお願いいたしますよ」

最初にやって来たのは、惣衛門、徳兵衛、お蔦の三人だ。お近の案内で、いそいそと二階に上がる。伝兵衛もふたりの連れとともにやって来た。ひとりは米問屋の主の忠蔵《ちゅうぞう》、恰幅《かっぷく》のいい五十代。もうひとりは、三十代と見える箸《はし》屋の若旦那の新兵衛《しんべえ》である。伝兵衛は膝まで届くような長い羽織に團十郎茶《だんじゅうろうちゃ》の格子の着物で、忠蔵も新兵衛も贅をこらした粋な装いをしている。

「食通の伝兵衛さんから話を聞いて、ぜひと仲間に入れてもらいましたよ。若輩者ですが、お見知りおきを」

新兵衛は物おじしないしゃべり好きな男らしく、徳兵衛たちにさっそく話しかけた。

少し遅れてやって来たのが、作太郎の双鷗画塾以来の友人で、今は人気の浮世絵師となった朝海《あさみ》春歌《はるうた》こと、もへじである。へのへのもへじに似ているからとつけられたあだ名だ。仲間内では相変わらずもへじで通っている。

「お久しぶりです。ご活躍は聞いておりますよ」

惣衛門が言った。

「はは、とんでもないですよ。忙しいばっかりでね。こんなふうに外に出るのも久しぶり」

人のよさそうな笑みを浮かべた。もへじの描く浮世絵に出てくる女たちはあでやかな衣装をまとっているが、もへじ自身は以前と変わらず少々くたびれた縞の着物である。

連れは地本問屋、藤若堂《ふじわかどう》の主、藤若萬右衛門だ。えらの張った四角い顔で二重まぶたの力のある大きな目をしている。地本問屋というのは、物語をつづった読本《よみほん》や挿絵《さしえ》の多い絵草子《えぞうし》、色刷りの木版画の錦絵《にしきえ》、古本などを扱う店だ。萬右衛門は本を売るだけではなく、絵師や戯作者《げさくしゃ》に絵や物語をかかせ、それを本の形にする。

もう一人は物憂げな切れ長の目をした三十代の男だった。朝木《あさき》亭夢見《ていゆめみ》の名で黄表紙《きびょうし》の絵と文をかいていると言った。

「今日は勉強させていただきにまいりました」

低いがよく通る声で挨拶《あいさつ》をした。

いわゆる美男子ではない。

けれど、なぜか気になる様子をしていた。

「ちょいと面白い恋物語をかくんです。ひと月後には江戸中がこの男の黄表紙に夢中になっていますよ」

萬右衛門が大きながらがらした声で言った。

「そりゃあ、楽しみだ。ひょっとして舞台は日本橋界隈《かいわい》ですかな？」

忠蔵が肉の厚い頬をゆるませてたずねる。

「よくお気づきで。主人公は野暮ったい顔つきで、美男子とはいいがたいんだが、なぜか女にもてる。取り巻くのは、乙《おつ》な年増の深川《ふかがわ》芸者に初心《うぶ》な日本橋芸者。きれいどころが恋模様を繰り広げるわけですよ」

「はは、それは楽しみですねぇ」

新兵衛もうれしそうに話に加わる。

お高が短い挨拶をして、膳が運ばれた。湯気をあげるはまぐりの汁と春の雪、刺身である。

「そうそう、これだよ。このはまぐりの汁を待っていたんだよ」

徳兵衛が言う。

「いや、いつもおいしいですけれど、今日の鯛の刺身は特別うまい」

惣衛門がさっそく気づく。

「今日の魚は品川の漁師さんにお願いして、特別に届けていただきました」

お高が説明をすると、みんなは目を輝かせた。

目の下三尺（約九十センチ）とまではいかないが、大きな立派な鯛だった。刺身にして残りはあら煮にと、お高は心づもりをしている。

ふわふわ玉子が運ばれると、萬右衛門はため息をつき、新兵衛は身を乗り出した。もへじはさっそく懐から筆と紙を取り出して写生をはじめた。つねに筆を離さず、なんでも絵にしていたもへじは健在だ。

泡立てた卵をだしを煮たてた鍋の端から流し入れるのだが、火の入れ方の塩梅《あんばい》がなかなか難しい。お高と作太郎で何度もつくってみた。

「これは全部お高さんやお栄さん、お近ちゃんがつくったんですかね」

もへじがたずねた。

「作太郎さんにもずいぶん手伝ってもらいましたよ。今も厨房で鯛のあら煮をつくっています」

お高は答えた。

「この店はお高ちゃんがおかみで、作太郎さんは雇われの板前ってやつですか。それも悪くないですねぇ」

惣衛門が笑みを浮かべる。

「じゃあ、絵のほうはお休みってところですか。もったいないですねぇ」

萬右衛門がつぶやく。

「さぁ、どうなんでしょう。そのあたりは私にはさっぱり」

お高はあいまいに答えた。

作太郎は萬右衛門のもとで黄表紙を出したがまったく売れなかった。その後描いた屏風絵《びょうぶえ》は、知り合いの依頼とはいえ、作太郎自身も納得する出来となった。

だが、最近は思い出したように描き散らすことがあるだけだ。もっぱら釣りと新しい丸九のあれこれに取りかかっている。

「それはつまり幸せってことではないのですか。絵を描くとか、物語を紡ぐなんてことは不幸な人間のすることですよ。もう、絵を描く理由がなくなったんですよ」

夢見がさらりと言った。

暗に作太郎は絵師として終わったと言われた気がして、お高はどきりとした。

初めて会ったこの男に作太郎のなにが分かるのか。

お高は唇を嚙《か》んだ。

「いやいや、そうとも言えないんじゃないですか？　私は絵を描いているときが一番幸せですけどね。作太郎の絵は本物ですよ。まぁ、お高さんとの暮らしが居心地いいのは本当でしょうけれど」

もへじが明るく答えた。

「ああ、そうですね。このごろの作太郎さんはいい顔をしていますもの」

惣衛門が続ける。

「そうだねぇ。昔は眉間《みけん》にしわがよっていた」

徳兵衛も続ける。お蔦がうなずく。

夢見の言葉に三人もなにか感じ取ったのだろう。

だまっていた新兵衛がどうも分からないという顔でたずねた。

「すみません。ひとつ聞かせてもらっていいですかねぇ。そのつまり……、夢見さんは幸せだと絵が描けないんですか？」

夢見が口元に笑みを浮かべた。

「わたしは早くに親を亡くして親戚《しんせき》に育てられましたからね、ずっと心に穴が空いたような気がしていましたよ。その穴を埋めたくて絵を描く、物語を紡ぐ。そうやって目の前の辛《つら》さから逃げていたんですね」

「なるほどねぇ。そういうことですか。よく分かりましたよ」

新兵衛が感心したようにうなずいた。

そのとき、玄関で女たちの明るい声がした。

「いや、にぎやかしに芸者を呼んだんですよ。檜物町の宴会は芸者が来ないとはじまりませんからね」

伝兵衛が得意げな様子で言った。


入り口の戸を開けたお近は驚いた。

芸者が呼ばれているとは聞いていなかったからだ。しかも、そのひとりが路地で会った初花だった。

「本日はお声をかけてくださりありがとうございます。お初にお目にかかります。芸者のぎんと半玉の初花でございます」

おぎんは二十を少し出たぐらい、目尻がきゅっと上がったおきゃんな顔だちで、男のような黒の羽織に、裾模様のある渋い色の着物を着ていた。

初花は桃割れに赤い振袖《ふりそで》姿だ。奥二重の目の縁とぽってりとした唇に紅をおいている。大人と子供が同居したような不思議な色気があった。


しばらくして陽気な三味線が鳴って「さわぎ」がはじまった。

宴を盛り上げる祝い唄で、町を歩いているとこの唄がよく聞こえてくる。

それが皮切りで、二曲ほどにぎやかな唄が続き、その後はしっとりとした唄になった。

流行りの「潮来出島《いたこでじま》」は男の声だった。伝兵衛か忠蔵か、はたまた新兵衛か。うながされて自慢ののどを聞かせることになったのだろう。

「潮来出島」は「潮来節」という利根川《とねがわ》の船頭歌が元になっていて、都々逸《どどいつ》のはじまりとも言われるものだ。

〽潮来出島の真菰《まこも》の中に
菖蒲《あやめ》咲くとはしおらしや

サアよんやさ　サアよんやさ
宇治《うじ》（富士）の柴船《しばふね》早瀬を渡る
わたしゃ君ゆえのぼり船
サアよんやさ　サアよんやさ

「いい声ねぇ」

お高は耳をすます。

「これは相当に教授料がかかっていますよ。あのお三人は芸者遊びの好きな通人《つうじん》ですよ」

お栄が言うと、「まったくだ」と作太郎も笑った。

突然、がらがらとした大きな声が聞こえた。

「徳兵衛さんだ」

お近が言う。「潮来出島」に負けじと名乗りをあげたのかもしれない。

〽青すだれ　河風《かわかぜ》肌に沁々《しみじみ》と

汗に濡《ぬ》れたる晴れ浴衣《ゆかた》
びんのほつれを簪《かんざし》の
届かぬ愚痴も好いた同士

意外にといっては申し訳ないが、なかなかの名調子だ。しかし、如何《いかん》せん季節外れである。

「徳兵衛さんが唄うと、あんまり色っぽくないですねぇ。子供が行水しているみたいですよ」

お栄が言うので、お高も笑ってしまった。

それから、お蔦が弾き語りをして、またおぎんたちの唄と踊りになった。

そのあとは狐拳《きつねけん》でひとしきり「さわぎ」である。

狐拳とは、狐は猟師に鉄砲で撃たれ、猟師は庄屋に頭が上がらず、庄屋は狐に化かされるという三すくみの関係を動作で見せて勝負を決めるものだ。

笑い声が響いてきた。

「紫になるほどつねる江戸」とは粋で売る江戸の芸者のことだ。相手がお客でも遠慮なく言葉を返し、嫌なときは袖にする。そんな強気な様子を見せる一方で、初花たちは座布団を敷かず、畳に直《じか》に座った。料理に手をつけないし、酌はするが酒をすすめられても上手に断る。そして、ひたすら客を楽しませることに心を配った。ときにずけずけとものを言い、ときには叱り、持ちあげ、おだて、気持ちよく場をつなぐ。

緩急のある話術も、芸者の技のひとつなのだろう。

伝兵衛たち三人、徳兵衛たち三人、そしてもへじと萬右衛門、夢見。夢見でさえ愉快に笑い、料理に舌鼓を打ち、宴が終わった。

徳兵衛たちが帰り、伝兵衛たちはおぎんと初花を連れて次の店に向かった。お座敷を終えて腹をすかせているであろうふたりの芸者たちに寿司でも食べさせようというのだ。萬右衛門と夢見が去り、もへじは作太郎と出ていった。

「もへじさん、立派になりましたね。なんだか、貫禄《かんろく》が出ましたよ」

お栄がもへじを見送って言った。

「もへじの絵はすごい人気だよ。弟子も何人もいるんだ」

今でもときどきもへじと会っているお近が続けた。

そういうもへじを見て、作太郎はなにも思わないのだろうか。

お高は思った。

――それはつまり幸せってことではないのですか。もう、絵を描く理由がなくなったんですよ。

夢見の言葉が思い出された。

つまり、作太郎は心に空いた穴を埋めるために描いていたのだろうか。

もへじは絵を描いているときが一番幸せだと言った。

作太郎は今、本当に幸せなのだろうか。

さまざまな思いがわきあがり、消えていった。

「あの夢見って人、すてきだったねぇ。あの人の黄表紙が出たら絶対に買うんだ」

突然、お近がうっとりとした顔で言った。

「まぁた、そんなことを言って。ずいぶんと気難しそうな人だったじゃないか。あの人はあんたの手には負えないよ」

「分かっているよ、それぐらい。だけど、そこがいいんじゃないかぁ。私はお前を幸せにはできないんだよ、なぁんて言われてみたい」

「ばかばかしい。あんたの考えることは分からないよ」

お栄は呆れた顔になった。

作太郎はその晩遅く、上機嫌で戻ってきた。

「もへじが喜んでいたよ。昔、英で食べさせてもらったものばかりだったって。こんど、絵描きの仲間の集まりでも使わせてもらっていいかって聞かれたよ」

「もへじさんもおとっつぁんの料理を食べていたのね」

「そうさ、もちろんだよ」

お高に水を持ってこさせるとひと息に飲み、そのままごろりと畳に寝転がった。

「もへじと話をしていたら、最初に丸九に行ったときのことを思い出した。志野の窯にしばらくいて、江戸に戻ってきたんだ。たまたま通りかかって入った。そしたら、あなたがいた。料理を食べたら懐かしい味がした。もちろんおいしかった。だけど、それ以上だった。温かくてほっとする、元気の出る料理だったんだ」

「おとっつぁんから習った料理だもの。だしのとり方も、煮魚もきんぴらごぼうも、教わったまんま。懐かしいはずだわ」

「……そうだな。それもある」

作太郎は眠そうに目をしばたたかせた。

「だけど、そればっかりじゃないんだよ。たしかに九蔵さんから伝わったものではあるけれど、今はもう、すっかりあなたの味なんだよ。気がつかないのかい？　私はあなたの料理に惹《ひ》かれたんだ。それ以上に、あなたという人に夢中になった」

「あら」

お高は頰を染めた。

作太郎はそんなふうに思ってくれていたのか。

初めて聞く言葉だった。

「そんなふうに思っていてくれたなんて知らなかった」

「どうして？　私は何度も言ったよ」

「覚えていない。ねぇ、もう一度言って」

「なにを？」

「だから、今言ったこと。ずっと覚えていたいから。もう一度、聞かせて」

「ばかだなぁ。そういうことは何度も言わせるものじゃない」

思いがけない強い力で引き寄せられた。作太郎の顔がすぐ近くにあった。

静かな夜だった。

作太郎の腕の中にすっぽりとおさまると、お高は自分が溶けていくような気がした。

——それはつまり幸せってことではないのですか。……絵を描く理由がなくなったんですよ。

幸せになると絵を描く理由がなくなるのか。

それならそれでいいじゃないか。絵を描いても、描かなくても作太郎は作太郎だ。

お高は作太郎という男が好きなのだ。

作太郎はお高に体を預けたまま、静かな寝息をたてている。

好きな男がいて、その男が自分を好きだと言ってくれる。

ほかになにを望むことがあるのだろう。

お高はうれしくて息が止まりそうになった。

三

三日ほどが過ぎた。店を閉めた時刻に、芸者置屋阿さ川のおかあさん、安乃《やすの》が初花を連れて挨拶にやって来た。店にはお高とお栄、お近がいた。

「先日はありがとうございました。こちらのお店が日本橋の英さんのゆかりとは知らず、失礼をいたしました。私も芸者時代には英さんにはずいぶんとお世話になりました」

渋い紫の江戸小紋《こもん》に身を包んだ安乃は女主《おんなあるじ》の貫禄を見せて、優雅に挨拶をした。

阿さ川の前を通ると、安乃が早口の甲高い声で女たちを叱っている声が聞こえてくることがある。それを知っているお栄とお近は、お高の後ろに隠れ、目交ぜをしていた。

後ろに控えた初花は化粧を落とし、白い頬に産毛《うぶげ》が光るような若々しさを見せている。

作太郎もやって来て、お高はふたりを茶でもてなした。

「初花は私の昔なじみから預かった妓《こ》なんです。十歳《とお》で私のところに来まして、姐《ねえ》さんたちの着物をたたんだり、化粧の手伝いなんかをしながら踊りと三味線の稽古《けいこ》を重ねてきました。月がかわると、いよいよ一本になるんです。来月にはお披露目をいたします」

半玉から芸者になるということだ。安乃が顔をほころばせる。

「これからも、どうぞよろしくお願いいたします」

初花は神妙な顔つきで挨拶をした。

「それで今日は折り入ってお願いがあってうかがいました。ほかでもございません。初花の帯に絵を描いてもらえませんでしょうか」

お披露目の日には世話になった料理茶屋、同業の芸者置屋などを一軒一軒たずね、挨拶をするという。

「ほう、私にですか?」

作太郎は意外そうな顔をした。

「いえね、初花は雨宮《あめみや》さまのお世話になっております。札差《ふださし》の雨宮平右衛門《へいえもん》さま、お名前はご存じでいらっしゃいますでしょうか」

名前だけは聞いたことがある。江戸でも指折りの札差だ。

札差というのは、旗本や御家人の代わりに蔵米《くらまい》を受け取ったり、売却し、その手数料を得る商人である。時代が下がると、蔵米を担保とした金貸しを行うようになる。富を蓄え、幕府要人たちにも顔がきく存在となった。

「雨宮さまは英のご常連だったそうで、先日の宴の話を聞いて残念がられました。ご自分もはまぐり汁を食べたかったと。もちろん、作太郎さんという息子さんが双鴎画塾で学んでいたこともご存じで。まぁ、そんな縁があるなら、ひとつ、帯に描いてもらったらどうだとおっしゃいましてね。こちらは挨拶代わりにと雨宮さまが」

白い包みを取り出した。

「いやいや恐縮です。そうですか。それは光栄だ。もちろん、お引き受けさせていただきます。どんな絵柄がいいのだろう」

作太郎は笑みを浮かべて答えた。

「花でも風景でも、お得意のもので」

安乃がうなずく。

「屏風絵で松や柳に鳥が集まっているものがあるんだ。初花さんだったら小鳥がいいのかな。やまがらやえながや、るりびたきなどの色のきれいなかわいらしい小鳥が集まって遊んでいる……」

「まぁ、それはよいですねぇ。にぎやかで楽しそう」

小鳥でまとまりそうになったとき、初花が言った。

「鳥なら孔雀《くじゃく》はお願いできませんか。大きく羽根を広げた豪華な孔雀が好きです」

それを聞いた安乃が眉根をよせた。

「初花。孔雀は蛇を食べるって言われているんだ。男の運を食う女になるよ。やめておきなさい」

「あら、おかあさん、孔雀明王《みょうおう》という神さまもいるじゃないですか。運をもたらす鳥だわ」

初花が言い返した。

そのやりとりを作太郎は愉快そうに聞いている。お高も、幼くかわいらしく見える初花の意外な面を知った気がした。

「それなら、二通りの下絵を用意しますよ。それを見て決めたらどうですか？　顔映りもあるからね」

作太郎が割って入った。

ふたりが帰ったあと包みの中身を改めると、思いがけない額の金子《きんす》が入っていた。

「さすが、札差だ。だけど、ここを昔の英と勘違いしているんじゃないのかなぁ」

作太郎は少し呆れたように言った。

その日、お近が丸九を出ると、路地のところに初花がいた。踊りかなにかの稽古帰りらしく、普段着らしい縞の着物に昼夜帯を締めていた。

「ねぇ。甘いもの、食べたくない？」

まるで昔からよく知っている友達のように声をかけてきた。それでふたりで近くの水茶屋に寄った。お茶と団子の勘定は初花が払ってくれた。

「気にしないで。お小遣いはおかあさんからたくさんもらっているから。あたしのまわりにいるのは年上の人ばかりでしょ。同じくらいの年の子と話がしたかったの。お近ちゃんはいくつ？」

「あたしは十九」

「そうかぁ。あたしは十七。お近ちゃんは二つおねえさんなんだ」

初花はふんわりと笑った。笑うと奥二重の目が糸のようになった。

「今度、お披露目があるんでしょ」

「そう。一本になるの。一人前の芸者になったら髪は島田で、袖も短くなる。あたしは頰が丸いから島田が似合うか、ちょっと心配」

「大丈夫。初花さんならきれいだよ」

お近は本心からそう思った。

地味な顔だちだと思っていたけれど、目も鼻も整っていて、化粧をすると別人のような色香が漂う。指先や首の傾《かし》げ方、ちょっとしたしぐさになにかほっておけない、人の心をひくものがある。

「うちのお客さんが言っていた。踊りも三味線も上手なんだってね」

「別にすごくもなんともないわよ。子供のころからずっと稽古しているんだから。芸者の値打ちはね、踊りが上手とか、三味線が弾けるとかじゃないのよ。芸者の値打ちを決めるのは、どれだけいい旦那を持っているかなのよ」

ちらりと思わせぶりな目をした。

「初花さんの旦那は札差なんでしょ」

「そう。五十のちょっと前かな。すごいお金持ち。それで白髪があるの。若いうちが花だからっておかあさんに言われて、今年に入ってすぐ水揚げをした」

どきりとするような言葉を初花はさらりと言った。お近は思わず頬を染めた。

「やだ、なんで赤い顔しているの」

「うん。だって」

お近の答えに、ふふと初花は含み笑いをした。

お近は男の人を知らない。剛太はただの遊び友達だった。もへじのことは好きだったけれど、やっぱり違う気がした。もへじはお近を大事に思ってくれていたから、そういうふうな関係にはならなかった。

「ふたりでいるとき、どんな話をするの？」

「そうね。こんな面白いお客さんがいたとか、そんなこと。雨宮さんはあたしがなにを話してもうれしそうな顔をする。でも、なんにも聞いていない。別のことを考えている」

「それって淋《さび》しくない？」

「なんで？」

初花は不思議そうな顔をした。お近はもへじの顔を思い浮かべながら言った。

「あたし、以前、好きな人がいたんだ。その人は絵師でね、とってもきれいな、すてきな絵を描くんだ。絵を描くのは楽しくて幸せで、ときどき苦しいんだって。その人の頭の中にはいつも絵があった。……その人の頭の中をのぞくことはできないでしょ。だから、その人がすぐそばにいても、あたしはひとりだった。すごく淋しかった」

団子をゆっくりと食《は》みながら初花は言った。

「あんたは、その人のことが本当に好きだったんだね」

「そうだね、きっと」

「そうよ。あたしは、雨宮さんが考えていることを知りたいなんて思ったことないわ。だって、あの人は旦那だもの。それで、あたしはあの人にお金で買われているの」

初花はきゅっと強い目をした。

「雨宮さんはあたしの前にもお世話をしていた芸者さんが三人いたけど、みんな二十《はたち》を少し過ぎたくらいで切られちゃった。だから、あたしも飽きられる前に、着物とかかんざしとか、いろいろ買ってもらうの」

「飽きられたらどうするの？」

「また、新しい旦那を見つけるのよ。雨宮さんの女だったっていうのも、値打ちなんだから。あたしはね、早く借金を返して自前芸者になりたいの。自前芸者になったらもっと稼げるし、置屋を出ることもできるから」

――お金で買われているの。

初花は産毛の光るようなすべすべの頰をして、そう言った。お近は初花が十も二十も年上のような気がした。

「もう行かなくちゃ。また、おしゃべりしようね」

初花は十七の娘の顔に戻って言った。

このところ毎日、作太郎は部屋にこもって絵を描いている。

お高が昼餉《ひるげ》を持っていくと、朝と同じ姿勢で紙に向かっている。周囲には墨で描いた幾通りもの鳥たちの絵が散らばっている。千鳥《ちどり》や駒鳥《こまどり》がいることもあるし、大きく羽根を広げた孔雀が飛んでいる図もある。

作太郎は楽しそうな顔でたずねた。

「どうだ？　お高さんならどれがいい？」

「私だったら、そうねぇ、これかしら」

お高は孔雀の羽根が花びらのように翻《ひるがえ》ったり、集まったりしながら舞っているものを指さした。

「ああ、これかぁ。そうなんだ。孔雀は案外怖い顔をしているんだよ。初花さんぐらいの年の子は背伸びをしたがるけれど、孔雀はやっぱり合わないよ。そうか、これか」

しかし、夕餉を持っていくとまったく違う絵柄を試していた。

お高は絵を描いている作太郎も好もしいと思った。

釣りから戻り、包丁を手に厨房に立った作太郎もよかったが、やはり作太郎には絵を描いていてほしかった。それが作太郎のあるべき姿だと思った。

作太郎はいくつも下絵を描き、安乃と初花のふたりが気に入ったのは孔雀の羽根が舞っているものだった。

出来上がった帯は白の塩瀬《しおぜ》の地に暗い緑や青で流れるような異国の葉が茂り、あでやかな孔雀の羽根が舞っている。

その帯を締めた初花がお披露目のために丸九を訪れた。

入り口で幇間《ほうかん》が景気のいい声で挨拶を唄った。

「ええ、今日はお披露目でございッ。阿さ川の初花さんが一本のお披露目でございます。どうぞ、よろしくッ」

墨色の着物に裾模様は金糸、銀糸で波しぶきを描いた着物に、作太郎の描いた帯を矢の字結びにしている。なで肩で細身の初花が褄《つま》を高くとって持ち上げた姿は、浮世絵から抜き出たように美しかった。

「これからもよろしくお引き立てをお願い申し上げます」

初花が挨拶をする。

「きれいだわ」

お高は声をあげた。

「まぁ、これは、これは、りっぱな芸者さんですねぇ」

お栄が感極まったように袂で目元をふいた。

作太郎は自分の描いた帯をながめ、満足げにうなずく。

居合わせたお客たちも口々に初花の姿をほめた。

お近は少し後ろに下がって、複雑な思いでその姿を見つめていた。

第二話　いわしの頭《かしら》も信心から

一

うららかな春の日差しに、桜のつぼみがふくらんできている。

檜物町の新しい店にすっかりなじんだ惣衛門、徳兵衛、お蔦がやって来て、いつものようにおしゃべりがはずんでいた。

「なんか、俺、最近、顔色がいいと思わねぇか」

徳兵衛が言った。

「ああ、そうだねぇ。このごろ、あそこが痛い、ここが痛いと言わなくなったねぇ」

お蔦が応える。

「たしかに声も大きくてはりがありますよ」

お高もうなずく。

「うん、そうだろう。わけがあんだよ。じつは、こういうものとめぐりあったんだ」

徳兵衛は得意そうな顔で手提げ袋から壺《つぼ》を取り出すと、お高が持ってきたどんぶり鉢に中身を空けた。薄茶色の液体に半透明の不思議な姿のものが浮かんでいる。中心は丸く、そこから長く細い糸が伸びて、それが途中で幾重にも分岐し、からみあい、もつれあう。くらげか、竹かなにかの根っこ、あるいは虫の繭《まゆ》だろうか。

「……ええ？　なに、これ？」

お近が顔をしかめた。

「まぁ、見た目はちょいと、なにだけれど、すごく体にいいんだ。これが今、巷《ちまた》でひそかに噂《うわさ》されている『銀糸梅《ぎんしばい》』。別名、くにゃくにゃきのこだ。なんでも、高野山《こうやさん》のお坊さんたちはこれを毎日飲んでいるんだそうだ。お坊さんがろくに飯を食わずに千日修行なんて荒行ができるのは、こういうものを飲んでいるからだよ」

「じゃあ、空海《くうかい》さん由来の秘物ですな」

冗談のように惣衛門が言うと、徳兵衛は膝を打った。

「さすがだね。そのとおりだよ。門外不出なんだ。だけど、その禁を破って持ち出した者がいたんだな。それで、今、こうやって俺の手元にあるわけだ」

そんな大事なひみつのものが、どうして徳兵衛の手元にあるのか。

いつから、徳兵衛はそんなに偉くなったのか。

お高がお蔦の顔を見ると、お蔦はつばをつけた指で眉をこするしぐさをする。眉つばだという意味だ。

「最初はもっと小っちゃかったんだけど、砂糖を入れた番茶に浮かせておいたらこんなに大きくなった。飲んでごらんよ。梅のような甘酸っぱい味でなかなかいけるよ」

お近がおちょこを三つほど持ってくると、徳兵衛は銀糸梅の汁を大事そうに注《そそ》いだ。

「飲んでごらんよ」

みんなはお互いの顔を見るばかりで手を出さない。そのとき、お栄がやって来た。

「あれ、これはなんですか」

「銀糸梅っていってな、体にいい飲み物なんだ。俺は毎日、これを飲んでいる」

徳兵衛がひとつをすいと飲み干し、お栄に手渡す。

「お薬湯《やくとう》みたいなもんですね。じゃあ、あたしもひとつ」

お高が止める間もなくお栄は飲んだ。

「ああ、なんだか、梅の汁みたいな味ですね。甘酸っぱくて」

「な。そうだろ。肩こり、頭痛、目やみに腰痛。ご婦人の血の道となんにでも効くんだ」

「じゃあ、あたしもひとつ」

お近が残ったおちょこを手に取ると、飲み干した。

「おいしいね。ふーん、これがその銀糸梅なんだ」

顔をしかめていたことなどすっかり忘れて、お近はうれしそうにしている。

「な、うまいだろ。もっと大きく育ったらあんたたちにも分けてやるよ」

徳兵衛は鷹揚《おうよう》にうなずいた。


店を閉め、片づけをすませたあと、いつものように三人でお茶を飲んだ。

「お近、あんた、お腹《なか》はなんともないか」

お栄がたずねた。

「ううん。平気」

お近は無邪気な顔でせんべいをかじっている。

「お栄さん、お腹が変なの？」

「いや、変ってわけじゃないんですけどね。ちょっと、ゆるいかなって」

「もう、徳兵衛さんったら」

お高はため息をついた。

「だいたいお近もよく、あんな薄気味悪いもんを飲む気になったねぇ」

お栄が腰をさすりながら言った。

「お栄さんだって飲んだじゃないの」

「あたしはなんだか知らなかったんだよ。あの白い根っこだか、繭だか分かんないもんが体の中に生えてきたりしないだろうねぇ」

それを聞いたお近は急に真顔になった。

「あれれ？　お栄さん、どうしたの？」

「な、なんだよ」

「耳の後ろから白いひげみたいなもんが出ているよ」

「え、なに、なに？」

「ほら、これよ」

お近がつまみ、お栄は叫び声をあげた。

「いい加減にしなさい。大人をからかうんじゃありません。なんにも出ていないわよ。お近ちゃんが引っ張っているのは……」

お高はこらえきれずに笑いだした。お栄の白髪のほつれ毛である。

その日は、夜も二階で宴会があった。

九蔵の料理を食べる会の宴《うたげ》以来、袋物屋の伝兵衛が気に入って、よく使ってくれる。

この日は、花見の打ち合わせということだ。

魚は富蔵一家の釣ってきた鯛《たい》である。

桜鯛といわれるように、桜の季節は鯛がうまい。富蔵は釣りあげた鯛をその場で活《いけ》〆《じめ》にしているから、刺身にすると身はぷりぷりとして歯ごたえがある。煮物、焼き物にすればうまみがある。

もちろん値も張る。けれど、鯛の頭《かしら》はかぶと煮に、骨や皮、あらからはだしがとれる。捨てるところがないのだ。鯛ばかりではない。目がぴかぴか光っているようなさわらもさばも、上等だ。おまけの小魚ですらみそ汁の具になって、お高たちのお腹に入る。

この日は、「利休鯛《りきゅうだい》の煮物」にした。「利休」と名のつく料理は、たいていごまを使っている。茶人の千《せんの》利休がごまを好んだからだそうだが、九蔵の利休煮にはごまが入らない。昆布だしにさいの目に切った豆腐としいたけ、鯛を入れて、酒と塩でさっと煮ている。

鯛の皮や骨からうまいだしが出るので、それで十分。むしろ、しょうゆやねぎやしょうがを入れると、邪魔な気がする。

さえざえとした白い身が美しい。ふんわりとやわらかで、口にふくむとうまみが広がる。しょうゆのひとたらしで味がさらに広がる。ポン酢や七味もうまい。

やはり鯛は魚の王だ。

酒か白飯でもあれば、いくらでも食べられてしまう。

丸九の料理は先代のころから白飯に合うように、しょうゆや砂糖で甘じょっぱい、濃い目の味つけである。利休鯛の煮物のような、素材のよさだけで勝負する料理はお高には新鮮で、面白い。

揚げ物はしいたけとえび真薯《しんじょ》揚げにしたいと作太郎が言いだした。芝えびのすり身に山芋のすりおろしを加えたタネをしいたけのかさにのせ、衣をつけて揚げたものだ。九蔵の料理帖《ちょう》の最初のほうにあり、英《はなぶさ》ではたびたびつくっていたというが、手がかかるから丸九ではお目にかかったことがない。

食べたことがあるのは、作太郎だ。

「あの料理はとても人気があったんだ。やわらかな春のしいたけにえびの甘さが加わって、揚げたての熱いやつを辛子《からし》じょうゆで食べるのが最高だよ」

作太郎はそう言って献立に入れることを熱心にすすめた。

ほかには、ふわふわ玉子、やわらかい春のかぶと青菜の炊き合わせ、はまぐりの汁に香《こう》の物、白飯、それに甘味に白玉団子を加えた。

ひと休みして、夜の宴会のしたくにかかる。手のかかる真薯をつくるのは作太郎だ。

前垂れをかけて厨房《ちゅうぼう》に立つと、作太郎はもうすっかり料理人の様子をしている。

「あれぇ、作太郎さん、いつから丸九の板長になったんです？　似合ってますよ。板長だけに、板についているってやつですね」

お栄がすかさず持ちあげる。

作太郎はまんざらでもない顔で芝えびの殻をむき、すり身をつくりはじめた。

お高はだしをとり、お栄はかぶの皮をむく。お近は器を取り出した。

「やっぱり、もう少しいい器が欲しいな」

「そうねぇ」

いい器に盛ったら料理も映えるに違いない。だが……。

「今度、志野か美濃《みの》あたりの窯元《かまもと》に行って頼んでみるか。絵付けをしてもいいし」

思っていたとおりのことを作太郎が言ったので、「ほら出た」という顔でお栄がお高の顔を見た。

作太郎はしばらく前から旅に出たいというようなことを言う。

けれど、出かけない。

以前だったら、勝手に決めて出かけていただろう。

今だって、好きなときに出かけてかまわないのだ。

お高は反対しないし、そのつもりもない。

けれど、作太郎は言うだけで実際には腰を上げない。

このまま静観していていいのかと、お高は、だんだん心配になってきた。

「まぁ、器のことはもう少し考えましょ」

お高はあいまいに答えた。

ちょうどそのとき、伝兵衛たちがやって来た。

お高が挨拶《あいさつ》を兼ねてお近とともに酒と口取《くちとり》、つまり酒肴《さかな》をのせた膳《ぜん》を運ぶ。二階がにぎやかになって宴がはじまった。

厨房では、かまどの炎があがって作太郎が利休鯛の煮物に取りかかっていた。鍋《なべ》の昆布は白い泡を浮かべ、ゆらゆらとだしの香りが沸き上がってくる。

「鯛はお高さんが仕上げるだろ。私は真薯揚げにかかるから」

作太郎が場所を空けてくれた。

切り身にした鯛を入れると、たちまち皮目が反り返って白い身が広がった。火が入りすぎないところで、食べてもらいたい。

お高が手早く器に移すと、お近が「待ってました」という様子で二階に運ぶ。すぐに、ふわふわ玉子のしたくにかかった。

「お晩でございます」と女の声がして、おぎんと初花が入ってきた。芸者になった初花は髪を島田に結い、黒の着物に作太郎が描いた孔雀《くじゃく》の帯ですっかり大人びた様子をしていた。

三味線が鳴って唄になり、踊りがはじまり、笑い声があがる。

ふわふわ玉子を用意していたお近が二階を見上げてつぶやいた。

「いいなぁ、芸者さん。いっつもきれいにしていられてさ」

「そりゃあそうさ。あれが、あの人たちの商売道具だよ。あんただって、あの子たちがお腹をすかせて店に来るのを知っているじゃないか」

お栄が叱《しか》った。

昼前の店がすいた時刻に、三味線や踊りの稽古《けいこ》をすませた初花たち若い芸者がやって来る。化粧を落とし、地味な着物を着ているから芸者と気づく者は少ない。昨夜からなにも食べていないと言って、大盛りの白飯をおいしそうに食べる。

それはつまり、お客には見せない芸者の「素」の顔である。

お近は初花に札差《ふださし》の旦那がいることも知っている。流行《はや》りっ妓《こ》には、どこそこのだれとみんなが知っているような大店《おおだな》の主《あるじ》や札差の旦那がついていて、それがその芸者の自慢になっている。芸者稼業には着物だの、帯だの、髪結いだの、日々のかかりがあるから、お座敷の花代だけでは苦しい。たいていの芸者は置屋に借金があるから、それを返すためにも旦那をもたなくてはならないのだ。

そういうもろもろを初花から聞いた。

それでも、お近は初花のまとう華やかさがうらやましい。

高価なべっ甲や銀のかんざしや笄《こうがい》で飾られた、つややかな黒髪。やわらかな絹の着物。

お近には縁のないものばかりだ。

幸せは金では買えないと言う人がいる。

けれど、金で買える幸せもたくさんある。

一番は母親のことだ。

金があれば、おっかさんは仕事をしないでも暮らしていける。隙間《すきま》風《かぜ》が吹き込み、雨が漏る古い長屋を出て、新しい家に移ってやわらかな温かい布団で眠る。

そういう幸せが欲しい。


冬にもどったような冷たい風の吹く朝だった。

丸九にやって来た、お高の幼なじみで仲買人の政次《まさじ》が懐から壺のようなものを取り出して、なにやら薄茶色の液体を湯飲みに注ぎ、飲んでいる。

「政次さん、なにを飲んでいるの？」

お高がたずねた。

「よく聞いてくれたよ、お高ちゃん。こいつは今、話題の銀糸梅だ。飲むと精がつく。疲れ知らずだよ。なぁ」

隣の仲買人仲間も大きくうなずく。

「高野山に伝わる秘薬なんだそうですよ。坊さんは魚はもちろん、にんにくやねぎを食わない。それでも、荒い修行を続けられるのは、この銀糸梅があるからなんです」

「その銀糸梅はどこから手に入れたの？」

「そいつはお高ちゃんでも言えねぇな」

政次はにんまりと笑う。

「なにしろ秘薬ですからね、これを手に入れるためには講《こう》に入ってもらわなくちゃならないんです」

「ねずみ講？」

「ちがうよ。銀糸梅を買いたい人がたくさんいるから、順番待ちの講があるんだ」

「お金がかかるの？」

「まぁ、多少はな。だけど、その人は人助けでやっているんだ。七十過ぎの老人なんだけどね、肌はつやつやしてしわひとつない」

「腰も曲がっていないし、元気なもんですよ」

　ふたりが言うと、近くにいた男が話に割り込んできた。

「なんだ、政次。お前、もう手に入れたのか。いいなぁ。俺に順番が回ってくるのは、まだずっと先だよ。悪いけどな、ちょいと飲ませてくれねぇか」

「ちぇ。しょうがねぇなぁ。ちょっとだよ。俺のタネだってまだまだ小さいんだ。これだってやっと五日目で味が出たんだ」

　男が差し出した湯飲みに、政次は惜しそうにちょろりと注ぐ。男もそれをありがたがって飲んだ。

「政次さんが手に入れたタネっていうのは、どういうもの？」

お高はたずねた。

「白い糸くずみたいなもんだよ。砂糖を入れた番茶で育てるんだ。大きく育ったらお高ちゃんにもふるまうよ」

政次は鷹揚に答えた。

「いやだわ。政次さんまでありがたがって銀糸梅を飲んでいるのよ。精がつくんですって」

厨房に戻るとお高は思わずつぶやいた。

「へぇ、大流行りですねぇ」

ご飯をよそっていたお栄が驚いた顔になった。

「まったく、あんなわけの分からないものを飲んで大丈夫なのかしら」

煮魚を器によそいながらお高は言った。

「腹をこわさなきゃいいですけどねぇ」

お栄が真顔になる。

「ねぇ、だけどさぁ、みんながいいって言うんだから、やっぱりあの銀糸梅には効果があるんじゃないの?」

香の物を添えて膳を持ったお近が言った。

「あんたは、いわしの頭《かしら》も信心からって言葉を知らないのかい」

「なに？　それ」

「いわしの頭のようなつまらないものでも、それを信心する人には尊く思われるってことだよ。体にいいって信じて飲むから、精がついたような気がするんだ」

「そうかなあ」

お近は首を傾《かし》げた。

「もしかして、お近ちゃん、お母さんに飲ませたいと思っている？」

お高はたずねた。

「うん。このごろ目が痛むんだって。医者は目を使わなければ治るって言うんだけどさ……」

お近は母と二人暮らしで、母親は仕立物で暮らしを立てている。

「仕事を減らすわけにはいかないのかい？　お近も実入りがあって稼いでいるんだから、そんなに頑張らなくてもいいんじゃないのかい？」

お栄が聞く。

「あたしもそう思うんだけどね、人がいいから仕立屋さんに頼まれると受けちゃうんだよ」

「仕事を頼まれるのは励みっていうか、やりがいっていうか、そういうもんだからねえ」

お栄とともに、お高もうなずいた。


夕方、三人で片づけをしていると、作太郎が釣りから戻ってきた。

「今日はめばるがたくさん釣れたんだ。お栄さんもお近ちゃんも持っていくだろ」

かごの中には、丸い大きな目玉に黒い縞《しま》模様のめばるが重なっていた。大きな目玉がぴかぴかと光っている。

「いただいてもよろしいんですか。今日は、いい夕餉《ゆうげ》になりますよ。お酒でも一本つけますかね」

お栄はほくほくとした顔になる。

「これは、このまま煮ればいいの?」

お近が困った顔でたずねた。

「うろこをとって、ワタを出すんだよ。食べ物屋で働いているんだ、あんたもいい加減、魚の扱いを覚えなよ」

お栄が呆《あき》れた顔をした。

「いいよ、いいよ。どうせ、うちの分もあるんだ。やってやるよ」

作太郎は気楽に包丁を手にした。

ていねいにうろこを落とし、えらをはずしたら腹に包丁を入れてワタを取り出す。血合いを洗って、皮目に十字の隠し包丁を入れる。見ている間にささっと終わらせてしまった。

「最近、ますます腕があがったんじゃないんですか」

お栄が感心して言った。

「丸九を手伝うようになって、自分でもいろいろ工夫するようになったんだよ。魚の扱いは漁師に教えてもらった」

「お高さん、うかうかしていると丸九の板長の座は作太郎さんにとられちゃいますよ」

またもお栄が持ちあげるものだから、作太郎はうれしそうな顔になった。

「このまんま鍋に入れて水にしょうゆと砂糖で煮ればいいからね。酒か、みりん、しょうがの切れ端があったらなお上等だ。お母さんに食べさせておやり」

「ありがと」

作太郎に煮方まで教わったお近は素直にうなずいた。

それから作太郎は「めっそうもない」と遠慮するお栄と自分たちのためにうろこを引いてワタをはずした。

一日晴天だったので、作太郎の顔や腕は日に焼けて赤くなっている。この調子では、夏になるころには漁師も驚くほど黒くなるのではあるまいか。

作太郎は風呂に行き、お高は店を閉めて家に戻った。

この日の夕餉はめばるの刺身と煮つけ、ほかには青菜のおひたしと千六本のみそ汁、煮豆とぬか漬けである。白飯も炊いた。

朝からずっと青菜をゆでたり、みそ汁をつくってきたのに、家に帰るとまた新たにつくっている。店でたくさんの人のためにつくるおひたしやみそ汁と、ふたりのためにつくるそれらと、同じ手順で材料も同じなのだが、まったく違うものである。

お高にとってはそうだ。

丸九のおかみのお高と、作太郎とふたりのときのお高は、別でありたい。

風呂から帰ってきた作太郎はさっぱりとした機嫌のいい様子をしていた。

ふたりで膳を前にする。

染付けの器にめばるの煮つけがのっている。甘じょっぱい濃い目の煮汁でさっと火を通し、付け合わせにはごぼうを添えた。皮はこげ茶色に染まっているが、中の身は白くてふっくらとやわらかい。脇にはめばるの刺身。甘みがあってほどよい歯ごたえがある。湯気のあがっているみそ汁と炊きたての白飯。それに酒。

作太郎は海の色や風の匂い、空の明るさを話す。魚がかかったときの釣り竿《ざお》の重さや水しぶきを語る。船頭の塩辛声《しおからごえ》や同船の者たちのにぎやかな笑い声を聞かせる。

それは生き生きとして、お高もその場にいたような気持ちになった。

作太郎の観察は細かくて、なんでもないようなことでも作太郎がしゃべると、特別に面白いことのように聞こえた。

お高は笑った。家で食事をしながら笑うことなどなかったのに。

「いい気分だなぁ。まったく、これ以上の幸せはないよ」

作太郎が言う。

少しの酒にお高も酔った。作太郎といっしょだからか。

「そういえば、今日、釣り船で乗り合わせた人が面白い薬湯の話をしていたな。番茶で育てるきのこみたいなもんで、その汁を飲むと精がつくんだそうだ。ひとりがそのタネを持っているって言ったら、みんながうらやましがっていた」

作太郎が楽しそうに語りだした。

「もしかしたらそれ、銀糸梅のことですか？　高野山のお坊さんに伝わっているっていう」

「お高さんも知っているのか。そうか、流行っているんだな」

「以前、徳兵衛さんが持ってきたことがあって、今日は政次さんが持ってきてましたよ。欲しい人がたくさんだから講ができているんですって」

「講に入らないと買えないのか。それじゃあ、講の主は大儲《おおもう》けだなぁ」

作太郎は愉快そうに笑った。

「あら、そうねぇ。いったい、どういう人が講の主なのかしら。目端の利く人はいるものなのねぇ」

お高も笑った。

台所を片づけて部屋に行くと、作太郎は眠っていた。

お高は作太郎の布団にもぐりこむ。作太郎がちょっと目を覚ましてお高の腰に腕を回してくる。

「冷たい体だなぁ」

「しょうがないでしょ。洗い物があったんだから」

お高は冷たい手や足を作太郎に押しつける。

ひゃあっと、寝ぼけたままの作太郎は声をあげた。

お高はこんなもんじゃないのよと、体を押しつける。お高の髪も肩も、お腹も尻も冷たい。作太郎はぶつぶつと文句を言った。

こんなことができるのは、作太郎が自分の男だからだ。

まだ、作太郎のことをよく知らなくて、どう思われているのかも分からずにちょっとしたことに一喜一憂していたころには、自分がこんなふうにわがままになれるとは思わなかった。

今は平気だ。

作太郎が怒ったりしないことが分かっているから。作太郎の強い腕に抱きしめられると、お高は幸せで目がくらみそうになる。欲しいものなどないという気持ちになる。

楷書《かいしょ》の女だったお高は自分の変化に驚いている。

作太郎はこのごろ、旅に出なくなった。

焼き物をしたいなどと言う。けれど、それで話は終わる。

――それはつまり幸せってことではないのですか。もう、絵を描く理由がなくなったんですよ。

夢見の言葉が思い出された。

お高が作太郎との暮らしで変わったように、作太郎もかつての飄々《ひょうひょう》とした気楽な暮らしをやめてしまった。

それはお高には好ましいことだけれど、絵師としてはどうなのだろう。

お高は絵を描いている作太郎が好きだ。

名を残すような絵師になってもらいたいわけではないが、絵は描きつづけてもらいたい。

できれば、いい絵を――。

お高のそばにいて――。

それはわがままで贅沢《ぜいたく》な願いなのだろうか。

お高は目を閉じる。

作太郎の規則正しい寝息が伝わってきた。

銀糸梅を儲け話と考えたひとりが、お栄の昔なじみのおりきだった。

おりきはお栄がかつて居酒屋で働いたころの朋輩《ほうばい》だ。目尻のきゅっと上がったきつね顔の女で、今は鴈右衛門《がんえもん》という裕福な隠居の後添いになってなに不自由のない暮らしをしている。おりきは商いがうまい女で、以前、小間物屋の夫と暮らしていたときにはおかみとして店を繁盛させ、小間物屋が死んだあとは息子たちに新しい店を出させてもらい、それもそこそこ流行らせて暮らしを立てていた。

そのおりきが午後の遅い時刻にふらりとひとりで丸九にやって来た。

「あいにく、今日はもう店じまいだよ」

お栄が言うと、おりきは首をふった。

「ううん。いいのよ。お栄さんにちょいと話があって来たんだから。時間はとれる？」

甘い声を出した。

渋い縞の着物だが、座ると裾が割れてちらりと内着が見えた。見えないところに気を配るのが洒落者《しゃれもの》で、おりきは無地の襦袢《じゅばん》に小紋と別柄の内着を重ねていた。

年中着たきり雀《すずめ》のお栄にはまねのできない贅沢だ。

「ああ、じゃあ、洗い物を片づけちまうからそこで待っていておくれよ」

渋茶を出して店で待たせ、お栄は洗い物をすませた。

「お高さん、すみません。おりきが来ているんで、ちょいと抜けますよ」

断っておりきのところに行く。

「ねぇ、銀糸梅って聞いたことある？」

とっておきの話をするという顔をして身を乗り出してきた。

「ああ。徳兵衛さんが最初に持ってきて、あたしも飲んだ。なんか、相当、噂になっているみたいだね」

「そうか、知っているのか。こういうところは、流行りが伝わるのも早いのね。……すごい人気なのよ。欲しい人がいっぱいいてね、順番待ちなのよ。その順番がなかなか回ってこないの。お金ならいくらでも出すって人もいるくらい」

ああ、そういうことか。

おりきの考えていることが、なんとなく分かってきた。

「分けてくれるっていう人を知っているのよ。うちの人の知り合いでね、ひと月ほど前にもらったんですって。言われたとおりに番茶に砂糖を入れて部屋に置いていたら、知らない間に大きく育ったっていうの」

「大きくっていうのは、あの糸みたいなのが伸びたってことかい？」

「ああ、それも見たことあるのね。そうなのよ。見せてもらったら、もう、びっくり。里芋を切って水につけておくと白い根が出るでしょ。どんどん伸びてもじゃもじゃになるじゃない？　あんな感じ。壺の中全体に白くびっしり根がはって底が見えないの」

「あたしが見たやつは、くらげみたいに浮いていたよ」

「最初はね。それから根っこになるのよ」

「しかし、よく、そんな気持ちの悪いもんを世間の人は飲む気になるねぇ。あたしなんか、根っから丈夫な性分だけど、おちょこに一杯飲んだだけで腹をこわしたよ」

「もう、しょうがないねぇ」

おりきは手を打って笑い、急にまじめな顔になった。

「それでね、その人が、欲しいんなら売るって言ったの。そっくりそのまま。大きな壺ひとつ分。……あんた、この話にのらない？」

「お金がないよ」

「そっちはあたしがなんとかするから。お栄さんはお客さんを探してよ。ここならいろんな人が来るでしょ。買いそうだなって人がいたら、近づいてこそっと耳元で言うのよ。銀糸梅、買いませんかって」

この女はそういう手を使っていたのかと、お栄はあらためておりきの顔を見た。おりきはもうひと押しという顔で語りだした。

「銀糸梅って、浅草《あさくさ》のもみ療治《りょうじ》の人が秩父《ちちぶ》の山から持ってきたのよ。そのもみ療治の人は越後屋さんだか、どこだかに出入りしていて、そこの大おかみが自分の知り合いにすすめて、そこからお茶だの、お花だののお仲間に伝わって……」

つまり金持ち、土地持ちの間にじわりと広まり、それが庶民におりてきたというわけか。

「じゃあ、高野山のうんぬんかんぬんっていうのは……」

「知らない。だれが言いだしたのかしらねぇ。まぁ、秩父より高野山のほうがありがたみがあるけど……。ともかくね、そんなわけだから、あたしの知り合いはみんな知っているし、持っているの。だから、お栄さんに頼みたいのよ」

ちらりと厨房のほうを振り返ると、お高とお近が片づけをしていた。

「無理だよ。無理、無理。だいたい耳元でこそっと言うなんて芸当、あたしにはとってもできない」

「そう。残念。いい話だと思ったのに。でもね、こんな儲け話はめったにないわよ」

未練がましく言う。

「儲け話ってあんた、金ならもう十分あるだろう。なんで今さら儲け話に色気を出すんだよ」

「だって、わくわくしない？　あたし、お金は使うことも好きだけれど、稼ぐことはもっと楽しいって思い出したのよ。こうしたら、ああしたらっていろいろ考えるじゃない」

「惜しいねぇ。あんた、自分で大きな商いをすればよかったんだよ」

「そうなのよ。早く気がついていたらよかったんだけどさ。あのころは男に金を使っちまったから」

意味深長な顔つきでふふと笑う。

塵右衛門と出会う前のおりきは、姿のいい男が好きだった。そういう男たちに夢中になっては散財していた。

「まぁ、そんなわけだからさ、ほかを当たってくれないかね」

「分かったわ。……でも、気が変わったらうちに来てね」

案外あっさりと納得して、おりきは帰っていった。

二

あわただしく桜が咲いて、散ってしまった。

丸九の二階は連日宴会が入って忙しい日が続いていた。お高は桜をゆっくり見る間もなかった。釣魚《ちょうぎょ》や英の味が話題となって新規の客が増えたのだ。

以前から、五と十のつく日は夜も店を開けることにしていた。ところが、このごろは連日、頼まれるままに夜も店を開けている。宴会では料理も凝《こ》ったものを用意するし、土地柄なのか芸者を呼ぶので片づけを終わると夜も更けている。そうして、翌朝はまた夜明け前から仕込みに入る。

宴会のほうは作太郎に手伝ってもらっているが、それでもお高とお栄はくたくただ。元気なのは若いお近だけである。

昼のお客が帰って、三人で昼餉《ひるげ》をとった。

お栄は膳の前に座った途端、目をしょぼしょぼさせた。お高が汁とおかずを運んでくると、こっくりこっくりしている。

「お栄さん、大丈夫」

「いや、すみません。なんだか急に眠気がさしてきてね」

「ご飯を食べたら、少し二階で休んだら」

「いやいや、そうはいきませんよ。今日も、夜、宴席があるんですよね」

「もへじと萬右衛門さん、夢見さんの三人だから簡単なものでいいって言われているんだ。大丈夫、すぐ用意できるよ」

お近があっさりと答える。

「大事なおなじみさんじゃないですか。そういうわけにはいきませんよ」

お栄は目をこすりながら言った。

この日の料理は煮魚ときんぴらごぼう、湯豆腐である。丸九で朝と昼に出しているものと変わらないが、今日はそれがいいのだという。

――丸九さんの煮つけはいつ食べても、何度食べてもおいしいんですよ。ほどよく火が入って、甘すぎず、辛すぎず、ご飯にも酒にも合う。そういう煮つけを出す店はなかなかないですよ。

注文にやって来たとき、もへじはいつもの人のよさそうな笑みを浮かべて言った。

――それはほめているんですか。

お高はたずねた。

――もちろんですよ。

煮つけときんぴらごぼうと湯豆腐ならお手のものだが、それだけというわけにはいかないので、えびの真薯とふわふわ玉子をつけることにした。ほかにははまぐりのつゆ、白飯、香の物である。

萬右衛門は酒好きで、芸者を呼びたいというので、おぎんと初花を頼んだ。萬右衛門は三味線も踊りもうまく、話の面白いおぎんを贔屓《ひいき》にしていた。

今夜も店を閉めるのは遅くなりそうだ。このままではみんなの身がもたない。だれか、もうひとり、人を頼まなくてはならない。

そう思ってはいるのだが、目先のことに追われて毎日が過ぎていた。

「お栄さん、いいからちょっとでも休んで」

お高はそう言ってお栄を二階で休ませて、自分は豆腐を買いに通りに出た。

気持ちのいい風が吹いている。

若葉が光っている。

日本橋の通りは二本差しの侍や行商人や大きな荷物を背負った旅人など、さまざまな人々でにぎわっていた。

その中に、お近の母親のお染《そめ》の姿があった。目の悪いお染は人ごみを避けるようにゆっくりと歩いている。

「お染さん。しばらくぶりです。いつも、お近ちゃんには助けてもらっています」

お高が声をかけると、驚いたように顔を上げてお高を見た。

「おや、まぁ、失礼しました。なにしろ、目がよく見えないものですから。こちらこそ。お近がお世話になっております」

やせた体をふたつに折って深々と頭を下げた。

ふだんはあまり外出しないのだが、たまたまこの日は用事があって久しぶりに日本橋まで来たのだそうだ。何度も洗って体になじんだ木綿の着物に黒い襟をかけていた。以前会ったときより、頬がふっくらとして表情も穏やかになった気がした。

「あのとおり、ちゃらんぽらんの娘でどこも長くつとまらなかったのですが、丸九さんはおかげさまで続いております。ありがたいと思っております」

なんども礼を言う。

「このごろは朝だけでなく、夜も店を開けているんですけど、お近ちゃんはよく働いてくれるので、本当に助かっているんですよ。お礼を言いたいのはこちらのほうです」

「いえいえ、とんでもない。お高さんとお栄さんのおかげですよ。このごろ、ずいぶんしっかりしたことを言うようになりました。昨日なんぞは『おっかさん、今までたくさん苦労をかけたけど、これからはあたしがおっかさんを助けるから』なんて言ったんですよ。もう、あたしはびっくりしてしまいました。あんたにそんなことを言ってもらえる日がくるなんて思ってもみなかったよって、思わず言ってふたりで笑ったんですよ」

親ひとり、子ひとり。悪い目を酷使しながら仕立物でお近を育ててきたお染は、泣き笑いの顔になった。

「目のほうはいかがですか」

「相変わらずですよ。根を詰めちゃいけないと思うんですけど、仕事を頼まれるとついねぇ。あんたの仕事ぶりを見込んで頼むなんて言われると、断れないじゃないですか」

腕のいい人なのだ。お高は改めてお染の顔を見た。

暮らしのために仕立物をしているだけと思っていたけれど、この人も自分の仕事に、腕に、誇りをもって生きている。

「そうですよねぇ。私も、おたくの料理を食べたいなんて言われるとねぇ。みんなに無理をさせているなと思っても受けてしまうんです」

「分かりますよ。仕事っていうのはそういうもんです。やっぱり、張り合いなんですよ。お近は今が頑張りどきですから、どんどん働かせてください。おかげさまでお金も余分にいただいて、ありがたいことです。なんだか、たくさんお金を持っていたので、どうしたんだって聞いたら、店からのご祝儀だって。だから、言ったんですよ。無駄に使うんじゃないよ。貯《た》めておきなって」

「ご祝儀？」

お高は聞き返した。宴会がある日はその分のせているが、ご祝儀は出していない。お客からもらったという話も聞いていない。

「お近ちゃんはご祝儀って言っていました？」

「ええ。花街《かがい》のお客さんはお運びの娘にも祝儀をはずむんですねぇ」

お客から祝儀をもらったら、こちらに伝えてくれと言っているが、お近からはそういった話は聞いていない。

祝儀の金とは、なんのことだろう。

考えていると、お染はまぶたに指をおいた。

「光が目に入ると痛いんですけど、お近がくれた薬湯を飲むとずいぶん違うんですよ。銀糸梅っていうんですか、なかなか手に入らないそうですね。長屋の人たちからも、親孝行の娘をもって幸せだってうらやましがられているんです」

「銀糸梅を……」

お近は銀糸梅を持っているのか。

祝儀といい、銀糸梅といい、お高の知らないことばかりである。

もやもやした気持ちを抱えたまま挨拶をして別れた。

丸九に戻ると、お近の明るい笑い声が聞こえた。

お近が米をとぎ、作太郎がえびの殻をむいていた。

「おお、お帰り。今日はもへじたちが来る日だな。しかし、こう連日、宴会が入ると疲れるな。さすがにお近ちゃんは若いから元気だけど、いい加減もうひとり手伝いを頼まないといけないなぁ」

作太郎が言った。

「あたしはへっちゃらだよ」

お近が元気な声で答えた。

お栄が起きてきて、夜のしたくがはじまった。お近が真剣な様子できんぴらにするごぼうをささがきにしている。

「さっき、道でお母さんに会ったわ。銀糸梅を飲んでいるんですってね。親孝行の娘をもって幸せだって喜んでいたわよ」

お高は言った。

「それは近所の人が言ってることだよ。まぁ、でも、おっかさんの目も前よりか、いいみたいだ」

「ほう、お近ちゃんは銀糸梅を飲んでいるのか。それで元気なんだな」

　作太郎がのんきな調子で言った。

「どこで手に入れたの？」

　お高はさりげない様子でたずねた。

「うん、おりきさんから」

「あんた、あの女に銀糸梅を買わされたのかい。まさか、それをよその人に売ったりしていないだろうね」

　かまどで米を炊きはじめたお栄が振り返った。目が三角になっている。

「前から欲しいって言われていた人がいたから、話したら……」

「丸九のお客じゃないだろうね」

　お栄が詰め寄る。

「だいたいはあたしの友達だよ。あとは知り合いとか……お店の人は……少し」

「だめだよ、そんなことしちゃあ」

「ええ？　でも……お店とは関係がないことだし……」

「関係あるよ。大ありだよ。バッカだねぇ、なんで、そんなことをしたんだ」

「そうなの？　どうして？」

「うーん、それは少し困ったことだったかもしれないねぇ。だって、もし、その銀糸梅を飲んだことでなにか起こったら、店が責めを負うことになっちまうだろ」

作太郎がおだやかに諭す。

「ねぇ、おかあさんからお近ちゃんがお金をたくさん持っているって聞いたけど、それは銀糸梅を売ったお金だったの？　ご祝儀じゃなくて？」

「あんた、祝儀ももらっていたのか？　あたしたちにだまって」

お栄は本格的に怒りだした。

「違う、違う、ご祝儀なんてだれからももらっていないよ。このお金、どうしたんだって聞かれたからさ。なんとなく、そう言っておいたほうがいいのかなって」

「ほらね。やっぱり、後ろ暗い気持ちがあるんだよ」

「後ろ暗くはないよ。だけど、銀糸梅は安いものじゃないから。そうでも言っておかなきゃ、おっかさんが気にするかなって思ったんだよ」

「分かったわ。でも、もう、これからはやめてね」

お高は言った。

「うん。分かった。ごめんなさい」

「まったく、おりきもおりきだよ……」

お栄は怒りのままにねぎを刻む。

「だめ、だめ。もう、その話はおしまい。そんな怒った顔で料理したら、おいしくできない」

お高は叫んだ。

作太郎も笑いながら言った。

「そうだよ。まったくだ。今日の薬味のねぎは辛いぞぉ」

日が暮れたころ、萬右衛門がもへじを連れてやって来た。

夢見が遅くなるというので、わかめといかの煎《い》り酒和《ざけあ》えではじめてもらった。

しばらく待ったが来ないので、かさごの煮つけときんぴらごぼうを先に出す。やがておぎんと初花がやって来て、萬右衛門は満面の笑みになり、さっそく唄だ、踊りだとはじまった。

そのとき、入り口で音がした。

夢見がやって来たのだ。

「遅くなった。もう、ふたりは来ているのか」

二階を見上げた切れ長の目の長いまつげが影をつくっていた。

お高が二階に案内をした。襖《ふすま》を開けると、萬右衛門ががらがらとした太い声で言った。

「いやあ、夢見、遅いから先にはじめていたよ」

「忙しかったのか？」

もへじがたずねる。

「いや。朝からずっと描いていたけど、だめだった。全部捨てた。やり直しだ」

夢見は顔をしかめた。

「ご無沙汰《ぶさた》しております」

「お待ちしておりました」

おぎんと初花の声が重なった。

お高は厨房に戻って、夢見のための煮つけをつくった。作太郎がえび真薯を揚げはじめる。

あとは、頃合いを見てふわふわ玉子にかかればいい。

厨房も落ち着きを見せていた。

二階から三味線が響いてきた。

〽潮来出島《いたこでじま》の真菰《まこも》の中に
菖蒲《あやめ》咲くとはしおらしや
サアよんやさ　サアよんやさ

「唄っているのはおぎんさんでしょ。艶《つや》のあるいい声だ」

お栄が言った。小声でくちずさんでいる。

「踊っているのは初花さんだね」

お近が二階を見上げた。

「そういえば、もへじが言っていたよ。丸九の二階は知り合いの家の部屋のようだからいいんだってさ。気張らず、くつろいでいられるって」

「おやまぁ」

部屋がいくつもある料理茶屋と違って、丸九はお客はひと組と決まっている。貸し切りだ。他人を気にすることがないから、その分、落ち着けるのだろう。

「ねぇ、お高さん、女の人はさぁ、なにか手に職がないとひとりでは生きていけないんだろうか」

お近が突然たずねた。

「どういうこと？」

「おっかさんがそう言うんだよ。自分は仕立物という腕があったから、目が悪くったって今までなんとかやってこられた。あたしは、なんにもないから嫁にいくしかないって。たしかに、お高さんには料理があるし、初花さんには唄や踊りがある。あたしにはそういう取り柄がない」

「あんた、嫁にいくのは嫌なのかい？」

お栄がたずねた。

「嫌ってことはないけどさ。死んだおとっつぁんは酒飲みで、酔うとおっかさんをなぐった。怖い人だったんだよ。でも、そのころ、あたしはまだ小さくて手がかかるし、おっかさんも仕立物はそんなに上手じゃなかったから、我慢するしかなかったんだ」

「そうだねぇ、逃げるにしてもなんにしても、ひとりで生きていける手立てがないとね」

自分の昔を思い出したらしいお栄はつぶやいた。

「だけど、世の中にはそんな男ばかりじゃないだろう。お近ちゃんを大事にしてくれる人もいると思うよ」

作太郎がやさしい声を出した。

「それだけじゃないんだ。あたしが嫁にいったら、おっかさんはひとりになっちまうんだよ。仕立物をして暮らすって言っているけど、この先もっと目が悪くなったらどうやって食べていくんだよ……」

「お近ちゃんはおかあさんのことが心配なのね。一人前に稼げる人になっておかあさんを助けたいの？」

お高の言葉にお近は小さくうなずいた。

「あたしがおっかさんの分も稼いで、いっしょに暮らしたい。今の長屋じゃなくて、もう少しいいところに住んでさ」

「親孝行な娘だねぇ」

お栄が泣きそうな顔になる。

「もしかして、それで銀糸梅を売ろうと思ったの？」

お高がたずねた。

「うん、それもある。おりきさんから楽にお金が入るって言われたしさ」

お近はぺろりと舌を出した。

お高は改めてお近の顔をながめた。

安易に人の話にのってしまうのがお近らしいといえばお近らしいが、その大本には母親への思いがあったのだ。

友達と夜遅くまで遊んだり、流行りの柄の着物を着るのが楽しくてしょうがないという顔をしていたお近だったが、それなりに考えているのだ。

突然、三味線の音が消えた。

なにがあったのかと、お高は二階を見上げた。

次の瞬間、瀬戸物が割れるような音がした。

「ちょっと二階の様子を見てくるわね」

お高は階段を上った。襖に手をかけると、中から夢見の声が聞こえてきた。

「わたしは本当のことを言っただけだ。あんたの踊りは人形なんだよ。きれいだけど、心がないんだ。そんな踊りを見せられても面白くもなんともない」

「未熟者で申し訳ありません」

初花の声が震えている。

「まぁまぁ、そんな七面倒なこと言わずにさ、酒の席だ、楽しくやろうよ」

萬右衛門がとりなす。

「そういうことじゃないんだよ。未熟かどうかは関係がない。形だけのつまらない踊りを見せられても、時間のむだだと言っているんだ」

初花がなにか答えている。

「もう、なんにも言わなくていいから。今日は、あんたはもう、帰りなさい」

おぎんの鋭い声とともに襖が開いて、顔を真っ赤にした初花がお高の脇を小走りにすり抜け、帰っていった。

それからしばらく、だれもなにも言わなかった。

結局、そのままお開きになっておぎんは帰り、萬右衛門が夢見を連れてどこかに消えていった。

残ったのはもへじだった。厨房に降りてくると、茶をもらいたいと言った。

「なにがあったんだい」

作太郎がたずねた。

「まぁ、なにってことはなかったんだよ。夢見の虫の居所が悪かったんだろ。あの男はときどき、そういうことがあるんだ。人の弱みをつくのが得意だ。芸が未熟だと言われたら、芸者は立つ瀬がないよ。おぎんさんだったらうまく躱《かわ》せたんだろうけど……」

「絡《から》み酒か」

作太郎がつぶやいた。

ただの酔っぱらいの嫌みではない。鋭い刃が隠されている。

お高も夢見の言葉に傷つけられた。

――それはつまり幸せってことではないのですか。もう、絵を描く理由がなくなったんですよ。

痛いところを突かれた気がした。

「初花さん、泣いていたよ」

お近が言った。

「うん、それをおぎんさんが叱った。帰れと言ったんだ。芸者は客になにを言われても涙を見せちゃいけない」

「だって、夢見さんに理不尽なことを言われたんでしょ。初花さんは年も若いし、芸者になってまだ日が浅いんだよ。仕方ないじゃないか」

お近の言葉に、もへじは真剣な表情を見せた。

「それは違うよ。芸者になったら、年も経験も関係ないんだよ。お座敷を盛り上げて、客を喜ばせるのが芸者なんだ。相手を怒らせたらいけない。涙を見せるのは、もっと悪い。料理人だって生焼けの魚を出したら怒られるだろ。若いからとか、新米だとか、風邪《かぜ》をひいてるだの言い訳にならない。同じことさ」

お近ははっとした顔になり、ひどくまじめな様子で答えた。

「うん、よく分かったよ。お客から金をもらうっていうのは、そういうことなんだね」


何日かして、お近は路地で初花に会った。踊りの稽古の帰りらしい。

「この前は恥ずかしいところを見せちゃったね」

初花は頬を染めた。

「そんなことないよ。もへじが言っていた。夢見さんは酒を飲むと絡むんだって。それで人の弱みをつくんだって。意地が悪いんだよ」

「そうだってね。あたしも聞いた。だけどさ、あたしの踊りがまずかったのは本当だよ。自分でも気がついていた」

「そっかぁ」

お近は初花の気を引き立てるように明るい声を出した。

「芸者はさ、芸を売るもんなんだ。その芸がなまくらだったら、女を売るお女郎《じょろう》と変わらないよ。あたしは稽古に真剣さが足りなかった。稽古を積んで、あの夢見ってやつを見返してやるんだ」

初花は負けん気を目に宿していた。

「その意気だよ。それでこそ、初花さんだ」

「うん。ありがとう。そう言ってもらえると、うれしいよ」

三

その日、丸九に徳兵衛は来なかった。惣衛門とお蔦のふたりだけだ。

「めずらしいですねぇ。徳兵衛さん、どうかなさったんですか」

お高がたずねると、惣衛門が少し困った顔で言った。

「なんだかねぇ、背中がかゆいんだってさ。赤い湿疹《しっしん》みたいなものができているんだって」

「あら、どうしたんでしょう」

「まぁ、そんなわけで、今日は徳兵衛さんは家で休んでいるよ」

厨房に戻ってお高がお栄とお近に伝えた。

「それは、さばですよ。あたしも昔、しめさばでやられたことがありますよ。そうでなかったら、牡蠣《かき》。あれは、ちゃんと火を通さないと危ないんです」

お栄がしたり顔で言った。

「そうね、きっとなにか、よくないものを食べたのね。私たちも気をつけないと。食あたりを出したら大変だもの」

お高は自分に言い聞かせた。

食あたりが危ないのは夏だが、急に暖かくなる初夏の時期、暑さが残る残暑のころも注意しないといけない。

お近は言葉をはさまず、背を向けて膳をふいている。

その首筋に赤い湿疹のようなものができていた。

「あら、お近ちゃん……」

「なんでもないです！」

首に手をあてて振り返ると叫んだ。

お高とお栄はその勢いに驚いて口をつぐんだ。

「……違うんだ。ちょっと昨日、虫に刺されて」

お近はあわてたように答えた。

次の日、丸九にやって来た政次は鼻の頭にできものがあった。

「おや、どうしたんですか、鼻の頭」

お栄がたずねると、政次は困った顔になった。

「みっともないよなぁ。それは、にきびかなんて、みんなにからかわれるんだよ。別にかゆくもなんともないんだ」

「触らないほうがいいですよ。ひどくなるから」

「うん、そうだよな。この先の薬屋で軟膏《なんこう》を買ったよ」

政次は答えた。

それから店に来るお客を注意して見てみると、顔にできものがあったり、手足や首筋に湿疹をつくったり、背中をかいたりしている者が何人もいた。

「嫌ですよ、あのできものとか湿疹はうつるんじゃないんですか。だんだん、増えていますよ」

「新しい流行り病かしら。困ったわ。お近ちゃん、器や台布《だいぶ》巾《きん》を洗うときはためた水じゃなくて、一回一回、井戸でくんだ新しい水をつかってね」

「はい」

お近はくぐもった声で応えた。風邪をひいたと首筋に木綿のようなものを巻いていて、鼻をぐすぐすさせていた。

お栄は客が帰るたび、あちこちをていねいに台布巾でふいた。

午後、最後のお客が帰って店を閉めようという時刻だった。

赤ん坊を背負った女がやって来た。

「ちょいと、この店に近って人はいますか」

鋭い声で叫んだ。やせてとがった鼻をした三十がらみの女である。艶のない髪がほどけて、ぼうぼうとなっている。

「近は、あたしですけど」

のっそりと出ていったお近が答えた。

「あんただね、うちの亭主に妙なもんを売りつけたのは」

「えっと、どなたさんですか……」

「どなたでもいいよ。あんたが売った銀糸梅とかいう妙なもんのことで来たのさ。おかげで亭主は体中に湿疹ができて、かゆいの痛いのって仕事を休んでいるよ。どうしてくれるんだよ。仕事に出なかったら、うちはおまんまの食い上げだよ」

お高はあわてて出ていった。

「どういうお話か分かりませんが、とりあえず中に入ってくださいませんか。ゆっくりお話を聞けますから。私はこの店のおかみでございます」

女をなだめて店に入ってもらった。

小上がりの席についてもらい、渋茶を出した。

女は茶には手をつけず、お高の顔をにらんだ。背中の赤ん坊は眠っている。

「あんたがおかみか。あんたが、この娘に指図したのかい。うちの亭主は魚屋だよ。食い物を扱っているんだ。あんたも食べ物屋なら、どういう素性のものか分かって売っていたんだろ。説明してもらおうじゃないか」

女は脇に抱えた風呂敷包みをほどいた。

お高はあっと声をあげた。

口の広い壺に蜘蛛《くも》の糸のような白いものがびっしりと張りついている。糸はいくつにも分岐し、ぐにゃぐにゃとした灰色の塊がからまっている。壺の中のほうをのぞくと、灰色の黒っぽい大きな塊があった。

「触ってごらんよ」

女が言った。

お高が躊躇《ちゅうちょ》していると、女はさらに大きな声をあげた。

「いいから、触りなよ」

おっかなびっくり手を伸ばして白い糸にふれると、指にからみついた。意外に強い弾力があり、ひっぱると灰色の塊もついてきて、ぺたりと手のひらに張りついた。ねばねばとして妙な臭いがする。紙でぬぐおうとしたら、チクリと痛みが走った。

「わぁ」

お高は思わず声をあげた。

以前、徳兵衛から見せてもらった銀糸梅は、こんなものではなかった。

あのときも、気持ちのいいものではなかったけれど、これは不気味だ。怪奇だ。植物なのか、きのこなのか、虫なのか、それすら分からない。

「これを……、飲んでいたんですか」

お高は思わずたずねた。

「そうだよねぇ。あんたも、そう思うよねぇ。あたしは気味が悪くて見るのも嫌だったけど、うちの亭主は毎日、砂糖を入れた番茶を注いでいた。少しずつ育つのが、かわいいんだってさ」

お高は気を取り直して、お近にたずねた。

「あんたが、この方のご亭主に、この……銀糸梅を売ったのね。それは、間違いがないことなのね」

「そうです。……でも、最初はこういう姿じゃなくて、ねぎの根っこみたいな白い糸だった。砂糖を入れた番茶を注ぐと、すごくよく育って、どんどん形が変わっていったんです」

「お近。銀糸梅は、おりきから買ったんだね」

お栄が話に割り込み、お近は困った顔でうなずいた。

「申し訳ありません。お近は丸九で働いている者です。お代金はお返しいたします。それから、お薬代も」

「薬代？　医者は軟膏をくれただけだよ。あとは、飲むのをやめて自然に治るのを待つだけだってさ。亭主は体中をかきむしって、うんうん言っている。仕事なんか出られないよ。子供が五人。上は十で、一番下がこの子だ。亭主が仕事に出なかったら、あたしたちは飢え死にだよ。どうしてくれるんだよ」

目を覚ました背中の赤ん坊が、大きな声で泣きだした。お高は言葉が出ない。

赤ん坊の声だけが店の中に響いた。

顔を赤くしてうつむいていたお近が、両手をついて床に頭をすりつけた。

「すみません。あたしが悪いんです。お高さんはなんにも知らないんです。銀糸梅を飲むと元気になる、病気が治るって言われて、おっかさんの目がよくなるかと思って買ったんです。そのときに人に売ったらお金が入るよって言われて、それでほかの人にも売ることにしたんです。こういうものだって知らなかったんです。だから、あたしも飲んでいて……」

お近が首に巻いた布をはずした。

一面に赤い湿疹が出ている。爪でひっかいたのか、あちこち血が流れ固まっていた。

「うちの亭主とは、どこで会ったんだい？」

「このお店に来たんです。あたしが銀糸梅ありますけどって言ったら買いたいって……」

女は頬をふくらませて横を向いた。

「お話は分かりました。これはお見舞い金ということでお納めください。そのほかのことは、もう一度、ご相談にまいります」

お高は金を包み、女の住まいを聞いて帰した。

「お高さん、すみません。どうしよう」

お近は泣きそうな顔をしている。

「あんた、銀糸梅は何人に売ったんだよ」

お栄が問い詰める。

「十人とちょっと……」

その人たちがやって来て薬代だ、休んだ分の金を出せと言ったらどうなるだろう。お近にそんな金があるはずはなく……。

「こうなったら、おりきのところに行きましょう。元はといえば、おりきなんですから。あの女に金を払わせればいいんですよ」

目を三角にしてお栄がいきり立った。


三人でおりきが爲右衛門と暮らす家に向かった。

隠居所とはいえ、黒塀に見越しの松を植えた粋《いき》な造りである。

門の前で訪《おとな》うと女中が出てきた。

「ちょいと、おりきに話があるんだ。丸九の三人が来たって伝えてくれないか。そう言えば分かるから」

お栄が伝えると、しばらくしておりきがあわてた様子で出てきた。

「悪いけど、家では話せないから外でいいかい。この先に、知り合いのそば屋があるんだよ。そこで待っていてくれないか。すぐに行くから」

通りに出ると、そば屋があった。

時分を過ぎているので、閑散としている。

おりきの知り合いだと言うと、小上がりの席に案内された。

お高とお栄、お近の三人が座った。

待っていると、おりきがやって来た。

三人の前に座ると言った。

「銀糸梅のことでしょ。なんか、言われた？」

「怒鳴り込まれたよ。体中かゆくて仕事に出られない。どうしてくれるんだって」

お栄がおりきをにらむ。

おりきは大きなため息をついた。

「あたしのところにも、何人も来ている。うちの人には内緒でやっていたからさぁ。もう、困っているんだよ」

「なにが、困っているんだよ。あんた、最初、この話を持ってきたとき、あたしはきっぱりと断ったよね。それなのに、こんな年端もいかないお近に売りつけるなんて、ずいぶん阿漕《あこぎ》なまねをするじゃないか」

お栄が声を荒らげる。お近はうなだれ、小さくなって座っている。

「だって、いい話だと思ったのよ。それにね、やりたいって言ったのは、お近なんだよ。一つ売れば二割戻す。真っ当な商売だよ。……だいたいね、お栄さん、年端もいかないなんて言うけど、十二や十三じゃあるまいし、それなりに分別はつくだろう。あたしだって、こんなことになるとは思わなかったんだよ。金を返してもらいたいのはこっちだよ」

「ねぇ、もう、お願いします。ふたりともやめてください」

お近がなだめたが、頭に血がのぼったふたりの耳には入らない。

「なんだってぇ。どこまで図々《ずうずう》しい女なんだろうねぇ。盗人《ぬすっと》たけだけしいっていうのはあんたのことだよ。あたしは恥ずかしいよ」

「なんだよ。こっちがおとなしく聞いていれば。だいたい、あんたには関係ないだろう。図々しく出しゃばってきて、金でも取ろうってのかい」

おりきがつばをとばして言い返す。

「ねぇ、分かりましたから。お願いです」

お近が悲鳴のような声をあげる。お栄のどすのきいた低い声とおりきの金切り声にかき消される。

「あんたはねぇ。昔っから、そうなんだよ。ひとりで偉そうに物識《ものし》り顔でさぁ。お高さんの前だから取りつくろってすましているけど、昔はあんただってしょうもない儲け話をあたしに持ってきたじゃないか」

「今さら、なにを言いだすんだよ」

「お高さん。この女はねぇ、ひどいやつなんですよ」

「やめろって言っているだろ」

騒ぎに驚いて客がこちらを見ているし、店のおかみが困った顔で近づいてきた。

ふたりがつかみあいの派手な喧嘩《けんか》をはじめそうになったので、お高はあわてた。

「ふたりとも落ち着いてください。お栄さん、もう、分かりましたから。おりきさんもよかれと思って、誘ってくれたんですよね。こうなるとは、だれも思っていなかったし……」

「あんな、わけの分からないものを飲んだら、なにか起こるんですよ。そんなこと、最初から分かっていたじゃないですか」

お栄はまだ、腹を立てている。

おりきはぷいと横を向いた。

ずいぶん長い間、そんなふうに意地を張り合っていたが、結局、おりきはお近が払った金を返してくれることになった。

「悪いけど、医者だの薬だのっていうのは、そっちでもっておくれ。それから見舞い金はあたしのところと一律にしてほしい。多い、少ないでもめるから」

おりきとお高が後のことを相談している間、お近は終始うつむいていた。

話がまとまり、後日、お近とお高で魚屋に金を包んであやまりに行った。ほかにも、三人ほど文句を言いに来た人がいた。その金はお近が稼いだ金では足りなくて、お高から借りることになった。

「高い勉強代になったねぇ。まぁ、だけど、よく分かっただろ」

お栄はお近に言った。

「商いってのは、厳しいもんなんだね。骨身にしみたよ」

お近は答えた。

幸いなことは、お近の母親には湿疹もできものも出なかったことだ。ほかの人たちも、銀糸梅を飲むのをやめると、湿疹やできものは消えた。

若葉の色が濃くなって、日本橋は夏に向かって走りだした。

いつものように丸九に徳兵衛と惣衛門、お蔦がやって来た。

「お高ちゃん、これを知っているかい」

そう言って徳兵衛が取り出したのは、手の上にのるような毬《まり》だった。

「これをな、背中の骨の脇においてぐりぐりやるんだ。最初はちょいと痛いけど、これをやると、肩こりが治るんだよ」

「あら、面白いですねぇ」

お高は答えた。

さっそく背中にあてたお蔦が言った。

「なるほど、なるほど、これはよさそうだ」

すぐに、似たようなものがあちこちで売りに出された。木の毬だと痛いので、布をかぶせたり、綿でくるんだり、大小さまざまなものが店に並んだ。

銀糸梅のことはもうだれも話題にしなくなった。

そんなものがあったことまで、忘れてしまったようだった。

第三話　さよりの恋

一

「おーい」

だれかが遠くで呼んでいる。

「お三人さん、起きているかぁ。夜の宴会がはじまっちまうぞぉ」

作太郎の声だ。

はっとして飛び起きた。隣で寝入っていたお栄がゆっくりと体を起こし、お近が目をこすっている。

午後、店を閉めると三人並んで、二階で半時（約一時間）ほど休む。

前はうとうとしていたのが、今は、横になった途端、深い穴に落ちるように眠ってしまう。

当然だ。夜更けまで働いて、夜明け前に店に来るという日がもう、十日も続いている。断ればいいのだが、ぜひと言われると断れずに受けてしまう。

窓を開けると、梅雨《つゆ》の走りのような湿り気をふくんだ重たい風が吹き込んできた。

「すみません。うっかり寝込んでしまって」

厨房《ちゅうぼう》に降りていくと、作太郎がひとりで米をといでいた。

「かわいそうに、みんな疲れているんだな」

「まぁ、お仕事をいただくのもありがたいことですから」

そう言いながらお栄は顔を洗いに井戸に向かった。

「今日の宴会は十人だっけ？　献立はどうなっている」

お高にたずねた。

「富蔵さんから鯛《たい》が届いたから、お刺身にしてわさび酢でさっぱりと。あとは、そら豆を焼いて青菜のおひたし、汁は結びさよりにして三つ葉を入れる。ふわふわ玉子とえびの真薯《しんじょ》、白ご飯にぬか漬けってところです」

ざるの上には朝、釣ったばかりの大きな鯛とさよりが並んでいる。

「さよりって、この魚？　さんまじゃなかったんだ？」

お近がざるに並んだ細長い、銀色に光る魚を見て眠そうな声をあげた。

「お近、あんた、毎年、同じことを聞いてくるんじゃないよ。さんまは秋だよ。まぁ、細長いところは似ているけどね。顔が全然違う。さよりは下あごが細く飛び出ているんだ」

顔を洗ってしゃんとしたお栄が答えた。

「うん、そういえば、去年も聞いたような気がする」

お近があくびをしながら言う。

さよりは淡白な味わいのなかにうまみをもつ白身魚だ。刺身や天ぷらもおいしいが、この日は細長い体をいかし、三枚におろしてくるりと結び、すまし仕立ての汁の実にするつもりだ。

「初花さんを思い出しちゃったよ。すらりと細い美人さんだね」

やさしさの中に芯の強さを見せる初花は、魚でいえばさよりかもしれない。

「そういえば、この前、久しぶりに初花さんを見かけたけど、きれいになったねぇ」

お栄が言った。

「うん……、そうだねぇ」

お近はあいまいに答えた。

初花は恋をしている。

旦那のある身だから、それは浮気である。芸者が役者に惚《ほ》れるのはよくあることで、そのあたりには目をつぶるのが粋《いき》な旦那ということになっているが、あいにくと初花の相手は役者ではない。

お客のひとりだ。しかも、なにやら厄介な人らしい。

そのあたりのことは、くわしく教えてはくれないのだが。

置屋のおかあさんはすぐに気づき、初花が勝手なことをして旦那をしくじらないように、今まで以上に目を光らせている。

その目をかいくぐり、初花は男に会いに行く。

「流行《はや》りっ妓《こ》だから、忙しいみたい」

「そうだろうねぇ。立派なもんだよ」

お栄が言う。

ふたりとも口は動くが、体はなかなか動かない。お栄はよっこいしょと立ち上がり、野菜を刻みはじめ、お近は真薯にするための芝えびの殻をむく。

四人はしばらく無言でそれぞれの仕事に向かった。

西日が差して厨房にはけだるい気配が漂っている。

「あのさぁ、やっぱり、えび真薯はなくちゃだめかなぁ。すごい手間がかかるんだよ」

お近が音《ね》をあげた。山盛りの殻の山ができ、身のほうはその三分の一にも満たない。

「お客が楽しみにしているんだよ。頑張りな」

「分かったよ」

お近は渋々えびの殻に戻った。

飯を炊く釜《かま》が白い湯気をあげ、お栄が青菜をゆでる脇でお高がさよりをさばく。殻をむいた芝えびをすり身にするのは作太郎だ。

「たしかに、えび真薯は手間がかかるわね」

お高はその様子を見ながら言った。

「ふわふわ玉子もですよ。ひとつずつつくらなくちゃならないから」

お栄が言う。

「玉子焼きにすればいいんだよ。そうすれば大きくつくって切り分けられる」

「ああ、手間はかかりませんねぇ」

お近の言葉にお栄も続ける。

「玉子焼きも考えてみようかしら」

お高は九蔵の料理帖《ちょう》に手を伸ばした。

そのとき、ずっとだまっていた作太郎が声をあげた。

「みんな疲れているのは分かるけど、それは少し違うんじゃないのか。お客さんが喜んでくれるからえび真薯で、ふわふわ玉子なんだよ。こういう料理がつくりたいっていうんならいいけど、手間が大変だから別の料理にしようというのは、違うと思うな」

言われてお高ははっとした。お栄もお近も気まずそうな顔をしている。

「そうだったわ。すみません。すっかり忘れていました。……でも、ここのところ毎日宴会が続いているから……」

お高の言葉にお近が声をあげた。

「作太郎さんの言っていることは分かるけどさ、あたしたちはもうへとへとなんだよ。気持ちはあっても体は動かない」

「悪いけどさ、今日のところは玉子焼きで許してもらえないかねぇ。このまま仕事をしたら、家に帰る気力もなくなって行き倒れになりそうだ」

お近とお栄の言葉に作太郎も申し訳なさそうな顔になった。

「そうだな、昼から手伝いに来るだけの私がよけいなことを言ってしまった。勝手なことを言ってすまなかった。大変なのはえび真薯とふわふわ玉子、それから膳《ぜん》の上げ下げだろ。私も手伝うから」

作太郎があまりに素直にあやまるので、お栄もお近も困った様子になった。

「ふたりとも、宴会があるのは今日までよ。明日も明後日《あさって》も入っていないの。今晩だけ頑張りましょう」

お高が元気づける。

「今夜が山ですか……」

腰をさすりながらお栄がつぶやく。

「よし、今日一日、頑張る」

お近もなんとか立ち上がった。


言葉のとおり、その日、作太郎は今まで以上に働いて料理をつくり、二階に運び、下げてきた。お客たちは亭主らしい男が膳を運んでくるので驚いていた。

あらかた料理が出てしまうと、厨房は片づけに入る。器を洗い、膳をふく。

「そういえば、作太郎さんは双鷗《そうお》先生の手伝いはどうしているんです？」

洗った鍋をふきながらお栄が作太郎にたずねた。

「二か月ばかり休んでいるよ。こっちの手伝いがあって、行ったり行かなかったりじゃあ、かえって申し訳ないからね。丸九は檜物町に移ったばかりなんだ。今が大事なときなんだよ」

当然という様子で答える。

「でも、ご自分の絵は描いているんでしょう」

お栄が重ねてたずねた。

「午後から出ると思うと墨絵ぐらいはいいけど、色をつけるのはちょっとね。うん、正直いうとね、ここしばらく絵には手がつかないんだよ。釣りだって休んでいる」

まるで釣りのほうが絵を描くことより大事だという言い方だ。

「じゃあ、絵のほうはお休みしてたんですか？」

お高は驚いて話に割り込んだ。

自分のことで精一杯で気づかなかったが、作太郎はもうずっと絵を描いていないのだ。

「私はてっきり……好きなものを描いているのかと」

思わず手を止め、作太郎をながめた。

たんですよ。——それはつまり幸せってことではないのですか。もう、絵を描く理由がなくなっ

夢見の言葉が思い出された。

作太郎は双鷗画塾以来の友人である森三《もりぞう》が死んだのは、自分のせいだと悩んでいた。実家の料理屋英《はなぶさ》の仕事をいいなずけだったおりょうに任せきりにして、その店がゆっくりと傾いていることを知りながら手をこまねいていた。

ようやくそれらに向き合い、複雑にからみあった糸をほぐして、森三の真意を知り、英を閉じ、おりょうも自らの道を歩きはじめた。

作太郎は変わった。自身も解き放たれ、これからは思う存分、自分の絵が描けるはずなのに。

「言ったじゃないか。私はお高さんにいい料理をつくってもらいたいんだ。いつまでも、一膳めし屋のおかみじゃもったいないよ。前《せん》の丸九が焼けて、九蔵さんの料理帖が残った。それはつまり、九蔵さんの想いなんだよ。そろそろ、自分らしい店をやりなさいっていうことだよ」

作太郎は明るい目をして語った。

お高はその顔を悲しい気持ちでながめた。

自分はなにを勘違いしていたのだろう。

気づけば二階の仕事の比重が重くなり、お高たちは疲れ果て、作太郎は絵を描いていない。

これではなんのための二階の座敷なのか分からない。

「人を雇いましょう。いい板前を入れて、夜はその人を中心に」

お高は勢い込んで言った。

「それじゃあ意味がないよ。お高さんが料理をつくるから丸九なんだ」

作太郎が声をあげた。

「なんでもいいですけれどね、休みをください。そうでないと、こっちの体がもちませんよ。宴会はせめて一日おきとかにできないんですかねぇ。毎日だから大変なんですよ」

お栄が真剣な顔で訴える。

「あたしは休みより、お金だな。どっちかっていえば」

お近も声をあげた。

「分かったわ。みんながそれぞれ思っていることがあるのよね。だけど、私はとにかく作太郎さんには絵を描いてほしいのよ」

お高は思わず大きな声になった。

「うーん、私の言い方が悪かったな。絵を描くかどうかは私の問題というか……、丸九を手伝うこととは関係がないんだよ」

作太郎は困った顔になった。

すっかり客が帰ったあと、また四人で相談した。

「ずっと考えていたんですけどね、やっぱり、ひとり、料理人を頼むしかないんじゃないですか」

お栄が口火を切った。

「私もそう思う。お高さんが板長で、その人が下につく。お高さんの指示で動くんだ。それなら、丸九の味が守れる」

作太郎が続けた。

「それにしても、今のように毎日は無理だよ。宴会をする日を決めないと」

お近も考えを口にする。

それらはお高も考えていたことだ。

「たしかにそのとおりだわ。今、五と十のつく日は階下《した》で夜も開けているでしょ。これは前の店からのことで、みんなも楽しみにしているからやめたくないの。それと同じように、宴会をする日を決めればお客さんに説明しやすいわよね」

「ああ、それがいい。とすると……宴会を入れるのは、三と八のつく日にしたらどうだ。それなら一日か二日は空く。三十日と三十一日は入れないよ」

作太郎は日めくりをめくって言う。

「そうすると、三月と八月は毎日ですか？　こりゃあ、忙しい」

お栄がとぼけてお高たちを笑わせた。

「二階を開けるのは月に六日ってことね。なんとかやれるかしら」

お高がお栄の顔を見た。

「末広がりの八ですね。いいんじゃないですか」

お栄がうなずく。

「じゃあ、三は三三九度の三か」

お近も続ける。

「よし、決まり。じゃあ、明日、口入《くちい》れ屋に頼みに行ってみる」

お高は答えた。

口入れ屋とは仕事をする人を紹介してくれるところだ。

「料理人が欲しいんだね。で、あんたがおかみ。夜明けに一膳めし屋を開けて、夜も宴会料理を出していたのかぁ。働きもんだねぇ。だけど、それに付き合ってくれる料理人はないよ」

でっぷりと太った口入れ屋のおやじは、呆《あき》れた顔でお高をながめた。

「ですから、夜の宴会料理だけでいいんです。それなら月に六日」

「それじゃあ、金にならねぇ」

「ええっと、五と十のつく日は簡単な料理を出していますから、それもいれて月に十二日」

「どっちにしろ中途半端だなぁ。若いやつでもいいのかい?」

「若いっていいますと」

「焼き物は無理だけど、野菜の皮むきならできるとか」

「もうちょっと腕の立つ人が……」

「うーん、そうだねぇ。いろいろできる人は、ちゃんとした料理屋から声がかかるんだよ。それとも、ひと月、十二日で暮らせるような金を用意できるのかい?」

痛いところを突いてくる。言われてみればそのとおりだ。

それでも、なんとか探してくれるよう頼んで帰ってきた。

その日からしばらくすると、ひとりやって来た。以前、そば屋に勤めていたという二十《はたち》の男である。たまたま作太郎がいたので、作太郎が店主と思ったらしく、作太郎の顔ばかり見ている。お高がおかみで料理人、お栄とお近で回していると聞いた途端、あからさまにがっかりした顔になった。

「女ばっかりかぁ。そういうのは、ちょっとねぇ」

こちらがなにか言う前に帰っていった。

次に来たのは、五十がらみの大男で、見るからに料理人という顔つきをしていた。両国《りょうごく》のどこそこ、浅草のなにがしと働いていたのは有名な料理屋ばかりである。厨房をながめて言った。

「きれいに掃除されていますね。感心、感心。ただねぇ、この皿はいただけませんな。一膳めしだけならともかく、これではせっかくの釣魚《ちょうぎょ》も生きてこない。器は料理の着物という言葉があるのはご存じですかな。まぁ、瀬戸物屋にはいくつか伝手《つて》がありますから、おいおいと……」

すっかり板長となって店を回す気でいる。こんな男に好き勝手をされてはたまらない。お断りした。

それからも何人か来たが、こちらが頼みたいという人には断られてしまう。

「なかなかうまくいきませんねぇ」

お栄がため息をついた。

「しばらくはこのままでやるしかないのかぁ」

お近もがっかりした声をあげた。

「そのうち、いい人が来るわよ。気長に待ちましょう」

お高は答えた。


「まぁ、そんなわけで、二階を開くのは、三と八のつく日だけにしたんですよ」

惣衛門、徳兵衛、お蔦の三人がやって来たときにお高は伝えた。午後の遅い時間でお客は三人だけだ。

「まぁ、そうですよ。お高ちゃんたちが疲れて病気にでもなったら、元も子もないですから」

惣衛門がまじめな顔になる。

「だけど、お客ってのはわがままなもんだからねぇ。そううまくいくかねぇ」

お蔦が首を傾《かし》げる。

「まぁ、そのときはそのときさ。なぁ」

徳兵衛が相変わらず適当なことを言う。

「でも、そう決めたら気持ちが軽くなって、今日のお膳はいつもと少し趣向が違います」

さよりの一夜干しにれんこんの天ぷら。ほかに豆腐と揚げのみそ汁にぬか漬け、ご飯、甘味《かんみ》はあずきの寒天寄せだ。

「なるほど、一夜干しですか。さよりのうまみが増しますね」

惣衛門が顔をほころばす。

「あれ、れんこんの天ぷらって、ほんのり酸っぱいよ」

たぬき顔の徳兵衛が目を丸くした。

「れんこんの穴に梅肉とはんぺんを詰めてあるんですよ。梅雨前の季節には梅の酸味がおいしいかなって思って」

「なるほど、なるほど。やっぱり丸九さんはいいねぇ」

お蔦は目を細めた。

そのとき、植木屋の二代目棟梁《とうりよう》の草介《そうすけ》が店に入ってきた。

草介はお高の幼なじみで、店の常連だ。この日も早朝、若手を連れて食べに来ていた。

お高より二歳年下で尾張《おわり》に八年ほど植木屋修業に行っていた。戻ってきた彼は、日に焼けて太い眉の下の黒い目が強い光を放つ、気持ちのいい男になっていた。

草介は頼もしく、いっしょにいると楽しかった。お近の幼い色恋沙汰《ざた》の折には助けてもらった。ずいぶん親しくしていたときもあったけれど、お高の心には作太郎がいた。

結局、草介は尾張の修業先の娘を娶《めと》り、今はよき父親だ。

「急な話で悪いけど、宴会を頼まれてくれないか。日がもう決まっているんだけどね。来月の四日。だめかなぁ」

五日の前。しかも、三日に約束が入っているから、三日間続くことになる。

「ええっと」

お高は口ごもった。

惣衛門、徳兵衛、お蔦の三人は「ほら、ほら、さっそく来ましたよ」と顔を見合わせている。

「どうしてもその日じゃなくちゃだめなの？　朝昼やって夜もでしょ、あまりに大変だから夜の宴会を受けるのは三と八のつく日にするって決めたばかりなのよ」

「そうかぁ。だけどさぁ、そこをなんとか頼むよ。仲間内の祝いごとなんだけどさ」

仲よくしていた植木屋仲間のひとりが尾張に行くことになった。付き合っている娘さんがいるので、急遽《きゅうきょ》、祝言《しゅうげん》をすることにしたという。

「翌日にはもう、尾張に発《た》つから四日でないと困るんだ」

「でも、うちの二階は十人ほどしか座れないわよ。晴れの席なんだし、もっと広いお店のほうがいいんじゃないの」

「いいんだ。内人数だからそれで十分。料理も凝《こ》らなくていいよ。ほんとに、なんていうかなぁ、丸九がいいんだよ。丸九でなくちゃ困るんだ」

草介は熱心に訴える。

「無理は承知だ。今回だけ、頼まれてくれないか」

しかし、みんなで話し合って決めたばかりのことをくつがえしていいのだろうか。

「お栄さんやお近ちゃんにも相談しないと……」

「ふたりには俺からも頼むから」

「どうしても、丸九なのね」

「ああ、そうなんだよ」

草介がうなずく。

ふたりのやりとりを聞いていた惣衛門が話に割って入った。

「やってあげなさいよ。めでたいことなんだから」

「そうだよ。こんなに頼まれて冥利《みょうり》につきるじゃないか」

徳兵衛も言葉を添える。

「おかみはお高さんだよ」

お蔦も背中を押す。

「分かりました。お受けします」

「よかった。それじゃあ、そのつもりでいるから、よろしく」

草介は早足で帰っていった。その背中を見送りながら、お蔦が言った。

「あれはわけありだね」

「やっぱり？」

徳兵衛が身を乗り出す。

「まぁ、そうでしょうねぇ。尾張に発つから、その前の晩に祝言なんてねぇ」

惣衛門もうなずく。

「そうなんですか？」

その手の話題にはとんと疎《うと》いお高は聞き返した。

「だってそうじゃないですか。祝言ですよ。女の一大事でしょう。だいたい職人さんの祝言ってのは派手なもんなんですよ。これからもお引き立てよろしくお願いしますって、人を呼ぶんです。それがたった十人。しかも、翌日には尾張に発つ。まるで、駆け落ちですよ」

駆け落ち。

お高は目をみはった。

「いやいや、駆け落ちっていうのは言いすぎですかね」

惣衛門はあわてて訂正した。

そうか、だから丸九なのか。お高は胸に落ちた。

よく知っている店だし、ひと間しかないからほかの客とすれ違うこともない。話がもれることもないだろう。

「お、そうだ。ひとつ浮かんだぞ」

気分を変えるように徳兵衛が言った。

「さよりとかけて、恋しいあなたとときます」

「はは、あれ、大丈夫ですか？　まぁ、いいでしょう。はい、さよりとかけて恋しいあなたとときます。その心は」

惣衛門も明るく受ける。

「身が細ります」

「徳兵衛さん、困りますよ。うちのさよりはやせてませんから」

お高が笑いながら文句をつけると、徳兵衛は「悪い、悪い」と頭をかいた。

三人を見送り、お高は厨房に戻ってお栄とお近に草介の宴会の件を伝えた。

「無理を言って申し訳ないんだけれど、宴会を頼まれてくれないかしら」

「なんですか、さっそく。もう決めごとはご破算ですか」

お栄は呆れた顔になる。横でお近も頬をふくらませた。

「うん、それが、なんだかわけありらしくてね。草介さんはくわしく言わなかったけれど、どうもなにか裏があるらしいの」

「わけあり？」

げんなりした顔だったお栄とお近の目が輝いた。

「祝言をして翌朝にはふたりで尾張に発つんですって。だから、四日でないとだめらしいのよ」

「わぁ、お芝居みたいだね」

「そう。だから、私も断り切れなくて。力になってあげたいなって思ったし」

「まったく、お高さんは。分かりましたよ。いいですよ」

「わけあり」のひと言でふたりともやる気になってくれた。

片づけをしていると作太郎が顔を出したので、その話になった。

「なんでも、男のほうは草介さんのお仲間だそうですよ。で、お相手はちょいといいところのお嬢さんでね、お部屋で琴なんかを弾いているんですよ。ちらっと庭に目をやると、はしごをかけて松の枝を切っている若者がいる。見交わす目と目。ぽっと頰を染めたお嬢さん。我知らず言葉が口をついて出る。

――植木屋さん。ご精が出ますね。

――いや、お嬢さん、すみません。

……なあんて言っているうちに恋心が生まれた」

お栄は身振り手振り、声色まで使って演じてみせた。

「そんな話、聞いてないわよ」

お高は文句を言った。

「聞かなくても分かりますよ。だいたい、そういうことになっているんですよ」

「振袖《ふりそで》着ているお嬢さんかぁ。きれいなんだろうねぇ」

「男のほうもね、日に焼けて浅黒くて、涼しい目をした男前なんですよ。そうでなかったら、命がけになったりしませんよ」

「命がけじゃ、ないわよ」

お高が声をかけたがふたりはさらに盛り上がる。

「手に手をとって尾張に向かうんだ」

お近はうっとりとした。

「じゃあ、料理も張り切らないとな。お高さんはなんか、つくってみたい料理はないのかい」

「そうねぇ……、ないわけじゃないんだけど……」

「いいよ。せっかくじゃないか」

うながされて言葉にした。

「お祝いだから鯛と思ったんだけど、かつおを中心にするのはどうかしら。かつおは『鰹』って書くでしょ。魚偏に堅い。強い絆《きずな》で結ばれたふたりにふさわしいでしょ」

「それはいい」

作太郎が答える。

「たとえばね、かつおをすり流しにするの。すり身にしてだしでのばして汁にするのよ。見た目はなんのお椀か分からないけれど、食べると、かつおなのよ」

「うん、面白い。祝言にはぴったりだ」

お高と作太郎はうなずきあったが、ふとお近の視線を感じた。

「なんでかなぁ、丸九の料理はすりおろしばっかりだ」

お近は頰をふくらませた。

二

料理人が決まらないままに、月がかわって二日になった。

もへじがひとりの少年を連れてきた。年は十四、五歳だろうか。目と目の間が少し離れた愛嬌《あいきよう》のある顔だちをしている。色の褪《あ》せた木綿の着物から細い足が出ていた。

「人を雇いたいって聞いてたけど、決まったかい。絵を習いたいって来た子なんだけど、昼の間、ここで働かせてもらえないかなぁ。洗い物でも、掃除でも、なんでもやるって言っているから」

「……伍一《ごいち》と申しやす」

少年は重い口でやっとそれだけ言うと、ぺこりと頭を下げた。

お高は双鷗画塾の塾生に料理を教えたことがあった。ひとりは料理好きな青年で、もうひとりは、彼に倣《なら》って双鷗に取り入ろうとした者だった。

もへじが伍一を連れてきたのには、なにか理由があるのだろうか。

「まぁ、入ってくださいな」

お高は店に招じ入れた。客の帰った小上がりの席で、いつものようにのんびりとした様子のもへじの脇で、伍一は体を固くしてうつむいている。

「伍一は豆腐屋の奉公人なんだ。豆腐を届けに来ると、そのまま外に立ってみんなが絵を描いている様子を熱心にながめている。半時でも一時（約二時間）でもずっと。親方に怒られないかとこっちが心配になるくらい。なぁ」

傍らの伍一にあいづちを求めると、伍一は小さくうなずいた。

「絵が好きなの？」

茶をすすめながらお高はたずねた。

「好きっつうか、子供のころから遊ぶもんがなかったから……。棒っ切れとか、小石とかで地面とか砂に絵を描いていたんだ。……あ、あの、豆腐屋が忙しいのは朝だから、昼を過ぎて豆腐を届けたあとは先生のところにいても大丈夫なんです」

伍一はそう言うと、頰を染めた。

「描いた絵を見せてもらったら面白いんだ。とにかくすごく細かくて、見たことがないような絵なんだ。絵が好きだって気持ちもよく分かったし、上手に伸ばしてやりたいなって思ったんだ」

うながされて伍一は懐から紙を取り出した。

墨で描いた田んぼの風景だった。働く人の身なりや顔つきはもちろん、稲やあぜ道の雑草や山々や雲までも細筆でていねいに描き込んである。端から端まできっちりと、少しのゆるみもない。それは見ていて息苦しくなるほどだ。この絵を描き終えるのに、いったい、どれくらいの時間がかかったのだろう。その根気強さに驚かされた。

「上手って言っていいのかしら」

「そうだねぇ、絵の決まりごとにははまらないけど面白い」

「それで、なんで丸九？」

「うん、豆腐屋のおやじさんに相談したんだ。そしたら、先生がそう言うなら、しばらく預けるから絵の道でやっていけるか、見てくれって。どっちかっていうと豆腐屋には向かないらしいんだ」

「ひょっとして朝が苦手とか？」

「いんや、そうじゃねぇ。朝、早く起きるのはもう慣れたから」

話に割って入ったが、その先は口にしない。

「いいよ、遠慮しないで言ってごらん」

もへじがうながす。

「兄さんたちはおらをなぐるんだ」

「それが嫌だから、絵描きになりたいの？」

「違うよ。奉公が辛《つら》いのは本当だけど、絵が描きたい気持ちは別のことだ」

伍一は強い目をしていた。

「一番の年下だし、要領のいいほうじゃないからね、兄さんたちも苛立《いらだ》つこともあるんだろう。いいものを持っているとは思うけど、絵師になれるのはひと握りだからね。まだ若いからほかの道も残しておきたいんだ」

「それで、うちに？」

困ったなと思いながらお高はたずねた。

こだわりが強そうな子である。ひとつひとつ、ていねいに嚙《か》んで含めるように教えなければならないかもしれない。ただでさえ忙しいのに、さらに時間をとられてしまう。

「頼めるのはお高さんのところだけなんだよ。朝から昼まで、半日だけでいい。豆腐屋でひととおり仕込まれているから、掃除や洗い物はちゃんとできる。きっと役に立っと思うよ。もちろん、金をもらうつもりもない。俺の家に住まわせてうちから通ってもらうから、住まいの心配もない」

もへじは熱を入れて語る。

「分かりました。それならここで働いてもらいましょう。でも、どうして、もへじさんはそこまでこの子に肩入れをするの？」

「うーん。まぁ、ひとつの恩返しかな。昔、そうしてもらったから、今の俺がある」

遠くを見る目になった。

「言ったかなぁ、俺は四《よ》ツ街道《かいどう》の生まれなんだ。家はわらじ屋でさ。親父は年がら年中、わらじを編んでいた。俺は伍一と同じで紙があれば紙に、なければ地面や砂に絵を描いてきた。みんなに上手だってほめられて、それがうれしくて、また描いた。田舎《いなか》だから、ちょいと絵が描けると重宝がられるんだ。正月には宝船、節分には福と鬼ってな具合で、ちょこちょこ縁起物を描いて小遣いを稼いでいた」

浮世絵師として名が売れる前、もへじは暦やうちわなど、細かな仕事をして暮らしの糧《かて》としていた。それは、そのころに覚えたことだったのか。

「日本橋に双鷗画塾っていう絵師の登竜門のような塾があるから行ってみたらどうだって、庄屋が金を出してくれた。双鷗画塾に入ったら作太郎さんと仲よくなって英に出入りして、いろんな人と知り合った。なんだかんだ言っているうちに、絵描きで食えるようになったけど、俺が出会った人たちのひとりでも欠けたら、今の自分はないからさ。昔の俺と同じような子に会ったら、今度は俺が手を貸そうと思っていたんだよ」

いつもの穏やかな笑みを浮かべた。

その庄屋に今でも盆暮れの挨拶は欠かさない。菩提寺《ぼだいじ》の鐘楼《しょうろう》を建て直すときは金を送ったという。

もへじは律儀でまっすぐな男だ。

「作太郎もこの子の絵を見たら感じるところがあるんじゃないかと思ってさ。あいつ、このごろ、描いていますか？」

「それが……、私が店の手伝いを頼むものだから」

「それはお高さんも丸九も関係ないよ。だから、気にしなくていいよ。絵を描くかどうかは、あいつの問題だから。でもさ、俺は作太郎に描いてもらいたいんだ。友達として」

「ありがとうございます」

お高は深く頭を下げた。もへじはやさしい目をしていた。

翌朝、お高が丸九に行くと、伍一が入り口の脇に座って待っていた。

「あらぁ、早いのねぇ」

「豆腐屋はもっと早いから」

伍一は照れたように答えた。

厨房に入ってかまどに火を入れていると、お栄がやって来た。

「あら、この子はどうしたんですか？」

「もへじさんが連れてきたの。絵が上手なのよ」

「その子がなぜ、丸九にいるんです？」

お高は昨日のもへじとのやりとりを繰り返した。かまどに火が入って、白湯《さゆ》を飲んでいると、お近が駆けこんできた。

「おはよう、今日もいい天気だね。あれ、この子、なに？」

それで、お高はもう一度、最初から説明をした。

「手はじめは掃除と洗い物ね。お近ちゃんが教えてあげて」

「ふうん。じゃあ、まず拭き掃除だね。あんた、雑巾を絞ったことはある？　ちょっとやってみな」

お近がえらそうに指図をする。

「はい、分かりやした」

伍一は手際よく雑巾を絞った。きゅっと力を入れると水がしたたり落ちた。

「おお、上手だね。お近は最初、雑巾の絞り方から習ったんだ」

「お栄さん、よけいなこと言わないでよ」

お近はむくれた。

「じゃあ、いっしょに店のほうをふくね。ざっとでいいよ。小上がりのあたりね」

「ざっと？」

「簡単でいいってことだよ」

「分かりやした」

伍一は明るい声で返事をした。

お高はだしをとり、お栄は飯を炊き、お近が膳や器を用意する。

突然、お近の大きな声が響いた。

「あんた、まだそこの畳をふいているの？　そんなていねいにやってたら終わらないよ」

お高が見に行くと、伍一は最初とほとんど同じ場所にいて、雑巾を手に困った顔をしていた。

「じゃあ、ふき掃除はお近ちゃんに任せて、あなたはこっちで大根おろしをつくって」

野菜かごから大根を取ってきて、皮をむいてすりおろす。下に置く鉢はこれ、その上におろし金をこうのせてと説明をした。

やがて、しゃりしゃりという音が響いてきた。

「ありゃあ、あんた、それはかぶだよ。大根じゃないよ」

お栄が声をあげた。

「あ、……そうか……」

「そうだよねぇ。どっちも白いもんねぇ。みんな、最初はそんなもんだよ」

お近がうれしそうに笑う。来たばかりのときはあじといわしの区別がつかず、お栄にさんざん笑われてきたのだ。

「うん、大丈夫。かぶのすりおろしね。ちゃんと使うから。じゃあ、かぶが終わったら、大根もお願いね」

お高はやさしい声で言った。

結局、その日、かぶのすりおろしはみそ汁に使った。とろみのあるやさしい味の汁になった。大根おろしは焼き魚に添えた。

伍一は融通がきかないところはあったが手先が器用で、仕事がていねいだった。その日は夜の宴会があったので、芝えびの殻むきを頼むと、最初こそ手間どったがこつを覚えるとうまくできる。さらに、すりばちですってもらうと、お近のときとは比べものにならないくらいなめらかに仕上げた。

「おやぁ、いいじゃないですか。これからは、伍一ちゃんに頼みましょうよ」

お栄が声をあげた。

「そうだよ。伍一ちゃんがいいよ」

苦手な仕事から離れられると、お近も喜んでいる。

ふたりにほめられて伍一は頬を染めた。

「伍一ちゃんがこんなに頼りになるのなら、かつおのすり流しもできるかしら」

一度はあきらめたかつお料理だが、お高の中でつくってみたい気持ちがむくむくと広がった。

「やってくれる？」

「はい」

伍一は目を輝かせた。

昼過ぎ、伍一が帰りじたくをしていると作太郎がやって来た。

「おう、絵師になりたいってのはお前かい。よろしくね、私は作太郎だ。もへじから話を聞いているかい」

作太郎の顔を見ると、伍一の顔がぱっと明るくなった。

「師匠から、作太郎さんにいろいろ教わるように言われてきました」

「私はたいしたことは教えられないよ。もへじのところではなにをしているんだい」

「思うように描けばいいって言われています」

そう言うと、伍一は懐から田んぼの絵を取り出した。

「ほう」

そう言って作太郎は少しだまった。そして、たずねた。

「お前の目にはこんなふうに見えているのか」

「違うんですか？」

「うん、いや、そうだな。……たしかにいい目をしている」

作太郎がそう言うと、伍一は大きくうなずいた。

その夜の宴会は萬右衛門の知り合いの絵師や物書きが集まった。もへじは来なかったが夢見が来た。

長いまつげが影をつくる切れ長の目は物憂げで、ふとした表情に色気があった。流行りの縞《しま》の羽織の背中は薄く、肩が落ちてひどく疲れているように見えた。

一段、一段、確かめるように階段を上っていく。

「夢見さんの黄表紙《きびょうし》はすごい人気だね。湯屋に行ったら、おかみさんたちがみんなその話をしていたよ」

燗《かん》をつけながらお栄が言った。

萬右衛門の狙いどおり、夢見の甘く、切ない恋物語は大当たりだ。

「だけど、あたしは好きじゃないね。第一、意地が悪いよ」

初花の踊りをこき下ろして泣かせたことを言っているのだ。

「あたしも好きじゃない」

膳を並べながらお近が言った。

「へぇ、そうなんだ。あんた、一時、夢中になっていたじゃないか」

「ちょっといいなって思っただけだよ。初花さんのお仲間の芸者さんが言っていた。あの手の男は深みにはまるから危ないんだって。うっかり手を出したらだめなんだ」

「金離れが悪いのかい」

お栄は身も蓋《ふた》もないことを言う。

「そうじゃなくてね、辛気臭《しんきくさ》いんだって。後先考えずに金を使うから借金だらけで、酒は浴びるように飲む。殺し文句が俺と心中しないかだってさ」

「死神みたいな男だねぇ」

お栄はくっくと笑った。

お高は夢見から言われたひと言が忘れられない。

――それはつまり幸せってことではないのですか。もう、絵を描く理由がなくなったんですよ。

「ふたりとも、お客さんの噂《うわさ》をしたらだめよ」

お高が穏やかにたしなめた。

いつもは女たちのおしゃべりに加わらない作太郎が、言葉をはさんだ。

「だけど、夢見って人は淋《さび》しがりやで甘え上手なんじゃないのか？」

「もう、作太郎さんまで」

お高は呆れた。

「そうだよ、文《ふみ》をくれるんだって。芸者だから文なんてたくさんもらうけど、よくあるようなやつとは全然違って、胸に刺さるんだ。抜き差しならなくなったらどうしようって怖くなるほどらしいよ」

「さすが流行りの戯作者《げさくしゃ》だな。とにかく気になるんだろう？　ほっておけないのかな？　嫌いは好きと背中合わせだからなぁ」

作太郎は感心している。

そのとき、入り口で華やかな声がした。芸者たちがやって来たのだ。おぎんともうひとり、その後ろには初花もいる。

「あれ、初花さん」

お高は小さな声をあげた。

「大丈夫？　夢見も来ているんだよ」

お近が近づいて初花の耳元でささやいた。

初花は晴ればれとした笑顔を返す。

「この前は失礼をいたしました。今日は精一杯つとめさせていただきますので、よろしくお願いいたします」

軽く会釈をすると姐《ねえ》さん芸者の後について階段を上っていった。

しばらくするとにぎやかな三味線の音が聞こえてきた。笑い声、手拍子、だれかが唄いだしたようだ。

そのころ厨房は忙しさの頂点だ。

お栄は燗をつけるのにかかりきりになり、お高はかさごの煮つけを仕上げ、作太郎はえび真薯を揚げ、ふわふわ玉子をつくり、汁やそのほかの料理を仕上げていく。お近は階段を上ったり下りたりして酒と料理を運び、空いた器を下げた。

富蔵が届けてくれたかさごの赤い衣に包丁を入れると、さくりと軽やかな音をたて、しっとりと露をふくんだような白い身が現れた。脂がのったいいかさごだ。

これをしょうゆと酒とみりんでさっと煮つける。落とし蓋をとると、厨房は酒やしょうゆやみりんの香りで満ちた。かさごは濃い目のたれを衣にまとってつやつやと光っている。皮のあたりは甘じょっぱく、一方、中の身は甘く、やわらかく、口の中でほろほろとほどけるようだ。

しかし、魚好きが好むのは骨についた身であり、ぷるぷるとした目玉のあたりだ。指でつまんで骨をしゃぶり、舌で転がし味わい尽くす。

さらに、からりと揚げたえび真薯がある。これは酒を誘う味で、香ばしく、えびの甘みが凝縮されている。それに続くのが、白い湯気をあげるふわふわ玉子だ。玉子のやさしい味わいにほっと心を癒される。

萬右衛門はどんな顔で食べているのだろうか。

夢見は喜んでくれているだろうか。

忙しく手を動かしながら、お高の口元がほころんでくる。

宴会は手間も苦労も多いけれど、一膳めしとは違う楽しさがある。

まだまだつくりたい料理がたくさんある。

それができるのが、この二階のひと間だ。

お高は幸せな気持ちに満たされた。

三

草介の友人の宴《うたげ》の日は朝から鈍色《にびいろ》の曇り空が広がっていた。

今にも雨が降りそうな空を見上げて、お高は買い物に出た。

日本橋の大通りから駿河町通りに折れると瀬戸物町《せとものちょう》になる。名前のとおり瀬戸物屋が並んでいる。

丸九が朝と昼に使っている器は九蔵が瀬戸の窯元《かまもと》で焼かせたものである。使いやすいがたしかに普段使いのものである。せっかくのふたりの門出だ。新しい器で祝いたい。全部は無理だが、焼き物をのせる皿ぐらいはと思ってやって来た。

店先に並んでいるのは普段使いのお手軽なもので、色絵の菊花皿や赤絵の染付けや青磁といったものは店の奥の棚にある。声をかけてきた手代《てだい》に頼んで見せてもらう。今日の料理に合うものをと心づもりはしてきたが、あれこれ見ているうちに迷ってしまう。

今回だけに使うのならこちらだけれど、また別の機会もと思うならあちらもよい。土物は面白いけれど欠けやすいから、店で扱うなら磁器がいい。それに作太郎が自分で器を焼くと言いだすかもしれない。

悩みはじめるときりがない。

結局、六寸の染付皿を買うことにした。濃い藍《あい》色で縁に唐草《からくさ》の模様が入っていて、真ん中には福の文字がある。余分を見て十二枚買って店を出た。

大切に胸に抱えて歩いていると、目の端を初花が通り過ぎた。

青鈍《あおにび》の地味な着物に町方のおかみさんのような地味な髪をしている。背伸びして大人に見せているのかもしれないが、化粧をしない初花の若さは隠しようがなく、ちぐはぐな感じがした。

昨夜、お座敷にあがるため店に来たときとも、以前、稽古《けいこ》帰りに朋輩《ほうばい》と連れだって丸九にやって来て、ご飯を頬張っていた初花ともまるで違う顔つきをしていた。

たとえば、それは。

恋をしている女の顔。

駿河町の通りを進むと川にぶつかり、そのあたりにはひっそりとのれんを上げた待合がある。初花は待合に向かっていたのだろうか。

晴れて芸者となったのだから、だれと付き合おうと当人の勝手で、浮名のひとつやふたつなければ流行りっ妓とはいえないのだけれど、初花の白く細い首筋は咲きはじめた梅の花のように初々《ういうい》しい。

旦那がいて、そのうえ間夫《まぶ》までもつ身になったのか。そんなに早く大人にならなくてもいいのに。

お高は姉のような気持ちになった。

相手はだれなのだろう。

さきほどの初花の姿が目に残って、お高は胸がざわざわとしてきた。

しばらくそこに立っていたが、やって来るのは忙しそうに足を進める商人や、瀬戸物を求める男たち、女たちばかりである。

あきらめて歩きだした。

通りに出て歩きだすと、向こうから夢見がやって来た。

「昨日はありがとうございました」

「いや、久しぶりに楽しい時を過ごさせてもらいましたよ」

お高が挨拶《あいさつ》すると、夢見は物憂げに挨拶を返した。低いけれど、よく響く声だった。

振り返ると、夢見は足早に角を曲がり、駿河町通りに入っていくところだった。

お高の胸はまたざわざわとした。


店に戻ると、お栄とお近、作太郎が待っていた。厨房の隅で伍一はすでにかつおの身をすり鉢ですりはじめている。

「いろいろ迷って結局、染付けの皿にしたの。これなら何を盛ってもいいと思って」

「さすがだよ。盛り映えのしそうな皿じゃないか」

作太郎が言い、お栄やお近もほめてくれた。

それからみんなで仕事にかかった。

この日の膳はかつおのすり流し、鮑《あわび》の刺身に穴子の昆布《こぶ》巻き、さよりの木の芽焼き、大根とにんじんのなますにご飯と香の物だ。

祝言だと言ったら、品川の漁師はいつも以上にいい魚を持ってきた。

「いい形だろう。こんなのはめったに釣れねえんだ。こっちも性根を据えて狙ったんだ」

富蔵が顔をほころばせた。

さよりは銀色に身を光らせ、かつおは小ぶりながらくっきりと縞が浮いて、脂がのっている。鮑も穴子もよく太っている。

「どんなお婿《むこ》さんとお嫁さんなんだろうね」

昆布を布巾でふきながらお近が言った。

「そりゃあ、いい男といい女に違いないよ」

大根をせん切りにしながらお栄が答える。

「親の反対を押し切ってなんて、よっぽど惚れ合っているんだろうね」

「そうだねぇ。幸せになってもらいたいねぇ」

ふたりの中ではもうすっかり物語が出来上がっているらしい。

「ねぇ、お栄さんは祝言をしたの？」

「はは、もう、ずっと昔のことだけどね」

お栄は十七でのれん染めの職人のもとに嫁いだ。

「そのころ、働いていた漬物屋のおかみさんにいい人がいるって言われてさ。いやもおうもないよ。顔も見たことなかった。でも、借りものの白無垢《しろむく》に打掛けを着て並んで座ったら、なんかうれしいっていうか……、覚悟っていうか……。あれを幸せって呼ぶのかねぇ」

「お栄さん、泣いているの？」

お近が驚いて言った。

「泣いてなんかないよ。目にごみが入っただけだ。……あのね、祝言っていうのは女にとっては特別なものなんだ。翌日からは、もう、朝から晩まで働きづめで、姑《しゅうとめ》には小言を言われておまけに亭主は早死にしてさ、いいことなんかなかったように思うけど、それでもあの日はあたしの中で輝いているね。あの日があったから、あたしはあの家でやっていかれた気がする」

「ふうん、そういうもんなのかぁ」

「だからね、あたしはお高さんにもちゃんと祝言をしてほしいと思っていたんですよ。どうしてちゃんとしなかったんですか？」

いきなり話はお高のことになった。

「みんなで鰻屋《うなぎ》に行ったじゃないの。あれがそうよ」

昆布巻きの昆布を用意しながらお高が答えた。

「作太郎さんとお高さん、お栄さんともへじとあたしの五人で行ったときのこと？」

「それで十分でしょ」

年もいっているし、ふつうの嫁取り婿取りとは違うから……。その言葉をのみこむ。

「作太郎さんも、お高さんの花嫁姿を見たかったんじゃないですか？」

「あ、いや……、そうだな」

作太郎は照れて言葉をにごす。

「ね、ほら。やっぱりそうだ」

まだ話が続きそうだったので、お高はお近に話しかけた。

「ねぇ、お近ちゃんはどんな祝言がしたいの？」

「うん、そうだなぁ、あのね、雪が降っている日がいい」

「はぁ？」

お栄が聞き返す。

「外が静かでね、さらさらと白い雪が降っているの。あたしは角隠しはもちろん、打掛けも白なんだ。真っ白、白の白。ろうそくの炎がゆらゆら揺れてね……、旦那さんは黒の紋付だな」

「いやだよ。それじゃあ、まるで雪女だよ」

お栄が言ったので、お高も作太郎も吹き出した。

軽口をたたきながらも手は休めない。伍一がかつおのすり身を仕上げるころには、夕日がさした。伍一を帰すころには、下ごしらえはあらかたすんだ。あとはお客が来るのを待って、仕上げるだけだ。

やがて草介や友人たちが集まり、二階へと上がっていく。それからすぐ、花婿と花嫁もやって来て席についた。植木職人の集まりだからか、花嫁をのぞいて、そのほかは男ばかりだった。

二階に上がるときちらりと見たら、花婿は体の大きな男だった。花嫁はほっそりとして、ずいぶんと若いように見える。

膳を運んだお近が戻ってくると声をひそめて言った。

「花婿は大男だよ。年はねぇ、草介さんと同じくらいかな。顔は節分の鬼の面《めん》みたい。目が細くて、鼻があぐらをかいていて四角い顔なんだ」

「お近ちゃん、それは言いすぎ」

「お高さんも見てきたらいいよ。あたしが言ったとおりなんだから」

「花嫁のほうはどんな感じだよ」

お栄がうれしそうにたずねる。

「うん。若いよ。十八になっているのかなぁ。顔が小さくて細くて、かわいいんだ。魚で言ったらさよりだね」

「ほう、美人さんなんだな」

作太郎が笑いながら言った。

一番年嵩《としかさ》と思える男が短い挨拶をし、三三九度の盃が交わされて宴がはじまる。その間に、厨房はさよりがこんがりと焼きあがり、そこに昆布巻きの甘じょっぱい香りがまじっていた。

お高はかつおのすり流しに気持ちを集めた。かつおは伍一がていねいに小骨をはずし、なめらかにすりおろしてくれた。それを昆布だしでのばし、椀に注ぐ。具は豆腐、それに香りのいいおろししょうがを添える。

味は食べてのお楽しみ。

とろりと舌にからまる汁がかつお仕立てとは想像もしていなかっただろう。えび真薯もそうだけれど、意外なものが出てくるからお客は驚く。楽しいと思う。よそにはない食材の組み合わせ。見た目と違う味。

それも、食べる楽しみのひとつだ。

忙しく手を動かしながら、お高は心の中で九蔵に語りかける。

――おとっつぁん、私ね。

お前に料理は無理だと言われたし、店なんかもっと嫁にいきそびれると心配されたけれど、とにもかくにも丸九を続けて、亭主ももちました。

これからは、おとっつぁんが残してくれた料理をもっとつくっていきたいんだ。

――まぁ、いいんじゃねぇのか。おめぇにしちゃ、上出来だよ。

九蔵の声が聞こえた気がした。

宴がはじまり、しばらくしたころ、草介が厨房にやって来た。

「今日は無理を言ってすまなかった。おかげで、みんなもとても喜んでる」

「こちらこそ。どちらのおふたりなの」

お高はたずねた。

「日本橋の茶葉屋の遠州屋《えんしゅうや》さんだよ。嫁さんは、あそこの一人娘でお住《すみ》さんというんだ」

「遠州屋さん？　うちでもお茶を買っているわ」

お高は答えた。

手代が何人かいて、いつもお客が途切れず忙しそうにしている。店に行くと、いかにも働き者という感じの主《あるじ》が挨拶をした。

「親父さんが一代で築いた店で、一人娘だから婿をとると決めていた。親父さんは今はやめてしまったけど、若いころは剣道が好きだった。それで、お住さんもいっしょに道場に通って腕を磨いた。今は子供たちに教えている。婿さんの幸助《こうすけ》は、神田の植《うえ》芳《よし》って植木屋の職人だ。同じ剣道場に通っていた」

「じゃあ、そのご縁なの？」

「そうなんだ。幸助は身なりをかまわないやつでさ、いつもはひげ面《づら》だ。見かけはおっかないけど、気持ちはやさしい。子供ってそういうところ見抜くだろ。だから、大人気。それで、お住さんといっしょに子供に教えるようになった」

「まあ、いいお仲間だったのね」

お栄もお近も手は休めず、耳だけはひと言も聞きもらすまいというように草介に向いている。作太郎は少し離れて座っている。

「祝言にご両親がいらっしゃらないというのは……。反対されているから？」

「まぁ、一人娘だしね。十八と若いし、植木職人じゃ、茶葉屋の婿にはちょっとね……。それに、最初がよくなかった。心配したお住さんの親父さんがこっそり道場に見に来たら、ひげ面の大男が鬼の形相で木刀を振りかぶっていた。なんだ、あの猪《いのしし》みたいなやつはって……、以来、お住さんがなにを言っても聞いてくれなくなったんだ。お袋さんのほうは、お住さんがそう思うならって言ってくれているらしいけど。そんな折、幸助に尾張に来ないかって話がきた。このまま離ればなれになったら縁も切れちまうから……」

草介は困った顔をした。

「じゃあ、ご両親のお許しは出ないまま？」

「まぁ、少々乱暴かもしれないけど、それしかないって俺たちが背中を押した。なぁに、孫が生まれたら向こうの気持ちも変わりますよ。そしたら、また江戸に戻ってくればいい」

そんなにうまくいくのだろうか。

お高は心配になったがだまっていた。

「いや、俺も去年、子供が生まれたからね。親父も孫を見ているときの顔が違う。俺には見せたことのない顔だ」

草介は迷いのない顔で言い、二階に戻っていった。

やがて手拍子とともに唄が聞こえてきた。二人、三人と加わって大声になった。みんな、ずいぶんと酔っているらしい。

「あんなにはしゃいで、大丈夫なんですかねぇ」

お栄が天井をにらんでつぶやく。

その騒ぎがふっと静まった。だれかの謡《うたい》が聞こえてきた。

〽高砂《たかさご》や
この浦舟に帆をあげて
この浦舟に帆をあげて
月もろともに出汐《いでしお》の
波の淡路《あわじ》の島影や

祝言の席で唄われる祝いの謡だ。

朗々としたいい声だった。

なぜかふいに胸が熱くなった。

ちらりとお栄を見ると、手を止めて聞き入っている。

「祝言はだれのためにあるんでしょうねぇ」

お栄がなにげない様子でつぶやいた。

お高は祝言をあげなかった。

鰻屋で昼餉《ひるげ》を食べて、それを祝言の代わりにした。

年がいっているとかなんとか、あれこれと理由をつけたけれど、お高は恥ずかしかったのかもしれない。

だが、もし、父や母が生きていたら。

三十路《みそじ》の花嫁だろうとなんだろうと、嫁入り姿を見たいと言ったに違いない。

それはふたりにとってもひとつの節目で、喜びでもあるのだ。

お高は自分の店をもち、十年おかみとしてやってきた。それはお高の誇りであり、自信になっている。お高は作太郎がいなくなっても生きていける。もちろん悲しいだろうが、お高には丸九があり、お栄やお近がいて、お客がいる。仮に作太郎か丸九か選べと言われたら、お高は丸九を選ぶだろう。

けれど、お住はどうだろう。

十八の花嫁は両親の反対を押し切って、幸助に嫁ぐことを決めた。知らない土地に行き、幸助との暮らしをはじめるのだ。

今のお住には幸助がすべてだ。幸助はお住を大切にしている。それは間違いのないことだけど。

それでもお佳は心細いに違いない。父母に申し訳ないとも思っているだろう。

本当に、これでよかったのだろうか。

もっと美しい、温かい旅立ちができなかったのか。

「ねぇ、こんなお祝い違うわよね」

お高は思わずつぶやいた。

「そうですよ」

即座にお栄が答えた。怒った顔をしている。

「こんなふうに乱暴に旅立たせてはだめですよ。草介さんは男だから、女の気持ちが分からないんですよ。嫁入りっていうのは、女の一大事なんですよ。祝言はね、その日を輝かすんです。この日があるから、なにがあっても前を向いていられるんですよ」

お栄は力をこめた。

お高はそっと二階に上がった。襖《ふすま》を細く開けて中を見た。

気持ちよく酔っている男たちのなかで、ひとりお佳はうつむいていた。膝の上にのせたこぶしをきつく握り、小さな肩を震わせていた。

草介はなんにも分かっていない。

お高は決心した。階段を駆け下りると、入り口に走った。

「おい、どこに行くんだ」

作太郎が声をかけた。

「草介さんのお母さん、お種《たね》さんのところ。相談にのってもらう。こんなふうに旅立たせてはだめよ」

「今さら、どんな相談にのってもらうんだ」

作太郎が言う。

「そんなことしたら、家に連れ戻されちゃうよ」

お近も声をあげた。

「そうじゃないの。そうじゃないのよ」

お高は叫びながら夢中で店を飛び出した。

檜物町から日本橋の通りを駆け抜け、草介の家に向かった。脇道に入って進むと、枝ぶりのよい松が黒い影となっている家が見えた。

明かりの消えた家の玄関の戸を叩《たた》いた。

「夜分にすみません。お種さんはいらっしゃいますか。丸九の高です」

すぐに戸が開いてお種が姿を見せた。

「お高さん、どうしたの？　なにかあった？」

「いえ、おかみさんに。今、店に草介さんと……、幸助さんという植木職人さんと住さんという娘さんが来ています。今日が祝言で明日には尾張に発つそうです。親御さんには内緒で。反対されているからって……」

ひと息に伝えた。お種の顔つきが変わった。奥に向かって叫んだ。

「あんたっ、草介の居場所が分かりましたよ。丸九さんにいるんですよ。祝言をあげるんだって」

「祝言ってなんのことだよ」

ばたばたと足音がして草介の父の定八郎《さだはちろう》と赤ん坊を抱いた女房の郁乃《いくの》が姿を見せた。

「だから、遠州屋さんですよ」

「草介は今、そっちにいるのか？」

定八郎がお高にたずねた。

「ええ、はい……」

「勝手に祝言をあげさせて、ふたりを尾張に発たせるつもりらしいわよ。ちょっとはしっかりしたと思っていたけど……、ほんとにあの子は……」

興奮したお種はなかなか下駄《げた》がはけないでいる。

「あの……、連れ戻されるのは困るんです。そのために来たのではなくて……」

「分かっているわ。だけどね、お住さんが書き置きだけ残して、急にいなくなったのよ。親御さんはもう、かんかんよ。掌中の珠って知っているでしょ。大事な一人娘なのよ。花嫁衣装着ているところなんか見たら、あそこのご主人、逆上して刺し違えるかもしれないわ」

「わしも行く」

定八郎も出てきて三人で遠州屋に向かった。

「幸助も悪いやつじゃないんだけどな。なにしろまじめっていうか、一途《いちず》なんだ。植芳の親方もあいつのことは買っているんだよ。だから、尾張の話をすすめたんだ。好きな女がいるなんて知らなかったからさ」

「草介も子供なのよ。子の親になったのに、まだ親の気持ちが分からないんだから。ひとりで育ったような顔をして。遠州屋さんの奥さんは私のところにお花を習いに来ているの。穏やかなやさしい人。お住さんのことは、ちっちゃいころから知っているわ」

「幸助さんじゃ、だめだったんですか？　いい人だと思いましたけど……」

「一人娘なんだから、茶葉屋を継ぐ人でなきゃだめなのよ」

なにを今さらというようにお種が言った。

それから三人はしゃべるのをやめてひたすら先を急いだ。本町通《ほんちょうどおり》の先の遠州屋まではそこそこの距離があって、三人とも息があがってしまったのだ。

道の先に遠州屋が見えてきた。閉めた戸から明かりがもれていた。

お種が戸を叩くと、すぐに主の金兵衛《きんべえ》と女房のお舟《ふね》が出てきた。

「お住さんの居所、分かりましたよ。檜物町の丸九さんの二階にいます。うちの草介たちもいっしょに。……宴会をしているそうです」

「なに、檜物町？　すぐ行く。お前は後から来い」

金兵衛は雪駄《せった》をはくのももどかしく、飛び出してきた。娘のことで一日、走り回っていたのだろう。目の下にくまができている。

四人で丸九に向かう。

小走りが続くのでお高は下駄の鼻緒で足の指がすれてきたらしい。だが、痛みは感じない。気持ちばかりが焦って、体も頭も熱い。

檜物町に入ると、景色が変わった。このあたりはまだ宵の口で、居酒屋は店を開けているし、料理茶屋から三味線の音にまじって笑いさざめく声が響いてきた。

やがて道の先に丸九が見えた。

二階には明かりがついている。よかった、まだお住も幸助もいる。

「あの二階だな」

きっと二階をにらむと、背筋を伸ばし大声をあげた。

「遠州屋の主、金兵衛である。出てこい、幸助。娘を取り返しに来た」

金兵衛は小兵《こひょう》だ。白髪頭でやせて、手足は細く、腹が出ている。その小さな体のどこから出るのかと思うような太い、響く声である。

「いえ、そうではなくて……、お話し合いをですね」

お高が袖にすがったが、振り払われた。

やがて、ゆっくりと戸が開いて、黒紋付の羽織袴《はかま》姿の幸助が姿を見せた。幸助は大男だ。上背があり、肩幅も広い。そのうえ、腕に覚えがある。

だが金兵衛は少しもひるまない。

「なんだ、その格好は。住はどこだ。住を出せ」

「お住さんは帰りたくないと言っています」

金兵衛の顔が真っ赤になり、青くなった。

ふたりはにらみあう。

いつの間にか草介やその仲間たちが降りてきた。作太郎やお栄、お近の姿もある。

だれも声を発しない。

お高は頭が真っ白になり、体が震えてきた。

もっとちゃんとした祝言をあげさせたい。これではお住も両親もかわいそうだ。その気持ちだけで動いてしまったが、結果として草介たちが練りあげた策を壊してしまった。

ぶち壊しだ。

最悪だ。

どうしよう。

どうしたらいいのだろう。

足が震えてきた。

突然、金切り声があがった。

「こぉーのぉー大馬鹿もぉーん」

叫んだのは、お種だった。

金兵衛の脇をすり抜け、幸助の前を横切り、草介につかみかかった。自分よりも頭ひとつ大きい草介の胸倉をつかむと、手にした下駄でなぐりだした。

「お前は自分がなにをやっているのか、分かっているのか。いいことをしたような気になっているだろ。お調子もん。だから、半人前だと言うんだよ」

罵詈《ばり》雑言《ぞうごん》、言いたい放題である。

「痛いよ、なにするんだよ。お袋、やめろよ」

草介は子供のように逃げ回っている。

「おかあさん、やめてください」

「もう、勘弁してやってください」

「ああ、もう、ふたりともみっともない。やめてくれ」

みんながいっせいに口を開いた。暴れるお種を止めようとした若者がお種になぐられ、足をすべらせた草介が転び、ちょっとした騒ぎになった。

それはばかばかしくも派手な親子喧嘩《げんか》だった。

だれかが笑いだし、みんなが笑った。

幸助と金兵衛は毒気を抜かれ、白けた顔でお互いそっぽを向いている。

笑いがおさまったとき、お舟がそっと金兵衛の袖をひいた。

「お父さん、もう、いいじゃないですか。今までお住がこんなふうに自分を通すことはなかったんですよ。初めてなんです。それほど、幸助さんのことが好きなんです。あの子も大人になったんです」

そのとき、お住が姿を見せた。

花嫁姿だ。白無垢に赤い打掛けを重ねたお住は輝くように美しかった。

「お住。お前」

そう言ったまま金兵衛は立ちすくんでいる。お住も動かない。金兵衛はなにも言わず、ぽろぽろと涙をこぼした。こぶしでぬぐっている。

「おとっつぁん、わがまま言ってごめんなさい。だけど、私は幸助さんが好きなんです。いっしょになりたいんです」

金兵衛は嫌々をするように首を横にふった。

「親不孝な娘でごめんなさい」

お住はもう一度言った。よく通る声だった。

少しも迷いのない言い方だった。

長い沈黙があった。

だれもひと言も発せず、成り行きを見守っていた。

突然、金兵衛が顔を上げた。涙でぐしゃぐしゃになった顔に満面の笑みを浮かべ、明るい声で言った。

「うん、分かった。それもいい。許す」

お住の頬にも笑みが浮かんだ。

「うん。だけど、とりあえず、今日は家に戻るか。な、いっしょに三人で。お前の好きなかりんと買ってあるぞ」

お住が首を横にふり、妻がもう一度、金兵衛の袖をひいた。

「あはは、冗談だよ。分かってるって。ちょっと言ってみただけだ。……しょうがねぇなぁ。こういうときは父親はなんの役にも立たねぇんだ。じゃあ……、まぁ、ふたりで仲よくやるんだな」

お舟にうながされて歩きだしたが、突然振り返るとつかつかと幸助に向かっていった。

幸助が身がまえる。

金兵衛は口元にぎこちない笑みを浮かべた。

「俺が言うのもなんだけど、気持ちのやさしい、いい娘なんだ。ちょいと気が強いけどな。頑固で言いだしたら聞かない。……それは、うちのに似たんだよ。……よろしく頼む」

幸助はだまって頭を下げた。

金兵衛の後ろ姿が見えなくなるまで、ずっとそのままの姿勢でいた。


それぞれが家路につき、丸九にはお高たちが残された。

厨房に戻ると、「まぁ、茶でも飲むか」と作太郎が言いだし、お高が香りのいい熱いほうじ茶をいれた。

「ねぇ、あれで本当によかったのかしら」

「なにを今さら。金兵衛さんは娘の花嫁姿を見た。許すと言ったんだ。上出来だよ。……まぁ、お種さんの助けがなくては危なかったけどな」

作太郎が答えた。

「まったく、一時はどうなることかと肝が冷えましたよ。しかし、お種さんは役者ですよ。あの人の芝居がなかったら、幸助さんと金兵衛さんは本気でやりあっていましたよ」

お栄がしみじみとした調子で言った。

「役者って？　草介さんをなぐったのはお芝居だったの？　本気で怒っていたように

見えたけど」

お近が首を傾げた。

「まったくだ。團十郎《だんじゅうろう》もびっくりだ」

作太郎が笑う。

「あのくらいの年のおかみさんってのは、手ごわいんですよ。亭主も息子もみんな手のひらにのせて転がす」

お栄はころころと玉を転がす手つきをした。

お高は以前にも、同じような光景を見た気がする。あれは徳兵衛が女房のお清《きよ》と番頭の仲を疑ったときだ。ふたりでこそこそなにやら密談をしているというのだ。もちろん、密通などではない。お清は息子や番頭と相談のうえで嫁の実家に金を融通していた。早とちりの徳兵衛の耳に入れると事が面倒になると、あえてだまっていたのだ。

笑い話で終わるはずだったが、以前から折り合いの悪い徳兵衛の姉の耳に入ったことで騒ぎになった。徳兵衛がないがしろにされていると怒って乗り込んできたのだ。

そのとき、お種はお清のために、みんなの気持ちを和ませる菊茶を用意した。

緊張したその場の空気が、一服の茶で変わった。

無事その場をおさめることができた。

「修業が足りないわ」

お高はつぶやいた。

「いいじゃないですか。それで。まだまだ先は長いんだ」

作太郎がのんきに答えた。

「そうねぇ」

お高は答えた。

静かに夜が更けてきた。三味線の音も消えたようだ。

第四話　苦い白玉

一

六月の晦日《みそか》は半年の穢《けが》れを祓《はら》う夏越《なごし》の祓《はらえ》が行われる。

十日ほど前から檜物町の神社には茅《ちがや》の大きな輪がつくられている。この輪を左足から踏み出して左回り、右回り、左回りの順で「八」の字を描くように三回くぐり抜けることによって穢れが祓われるという。

お高とお栄、お近も店を閉めた後、檜物町の神社にお参りに行った。いつも静かな境内《けいだい》だが、この何日かは人でにぎわっている。芸者や幇間《ほうかん》など玄人筋《くろうとすじ》は信心深いから、こうした折々のことは欠かさない。

「穢れってなにを言うんだろうねぇ」

お近が首を傾《かし》げた。

「人間、生きているだけであれこれあるんだよ。あんただって道で拾った金を自分のものにしたり、ちょっとした嘘《うそ》をついたりすることあるだろう」

お栄が細い目でちらりと見た。

「へっ？」

お近が一瞬目をむいた。

通りに落ちていた六文銭を、こっそり自分の財布に入れたことを指しているらしい。

「そんなのだれだってあるじゃないか」

「そうだよ。だから、夏越の祓をして身をきれいにして暑い夏をやりすごすんだよ」

お栄が言った。

「白玉でも食べて帰る？」

いつものふたりのやりとりをほほえみながら聞いていたお高が言った。夕方に近い時刻だが、暑さは消えそうにない。

「そうしましょう」

「それがいいよ」

三人で近くの水茶屋に入った。

砂糖蜜をかけた白玉はくちなしで黄色に染めてあった。井戸水で冷やした白玉はひんやりと冷たく、するりとのどを過ぎた。

奥の席には風呂帰りの若い芸者がふたり、白玉を食べておしゃべりしていた。白地に藍《あい》の模様の夏着物が涼しげだった。

――だからさぁ、そんなことが、置屋のおかあさんにばれたら大変じゃないの。

――そうだよ。だから、あの男はやめておきなって言ったんだけど、聞く耳をもたないのよ。

――反対されるほど熱をあげるのが恋ってものだものねぇ。

噂話《うわさばなし》の切れ切れが聞こえてきた。

「ここはやっぱり色街なんですねぇ」

お栄がしみじみとした言い方をした。

「そうねぇ。以前の店の近所じゃ聞かない話よねぇ」

お高もうなずいた。

檜物町芸者は、天保《てんぽう》の改革で深川などの岡場所が消えたとき、深川を離れた芸者が流れてきたといわれている。深川芸者の「見栄《みえ》と張り」の気風を受け継ぎ、それが河《か》岸《し》の男たちにも好まれた。着物にたとえれば、やわらかで贅沢《ぜいたく》な絹ではなく、腰のつよい結城紬《ゆうきつむぎ》。相手がだれであっても意見をするようなきかん気なところがあるという。最近は少しおとなしくなったけれど、負けず嫌いもきかん気も強いお高である。この土地がなんとはなしに肌に合ってきた気がする。

夕方、家に戻ると、作太郎が伍一と貼り絵をしていた。もへじのところで反故《ほご》にした絵をたくさんもらってきて、それを細かくちぎって紙に貼っているのだ。ふたりとも夢中になっていて、日暮れて部屋が暗くなったことにも、気づかなかったらしい。

「いやあ、思いがけない色の組み合わせや絵柄が生まれるんだ。面白くて夢中になってしまったよ」

作太郎は気持ちのいい笑みを浮かべて言った。

最初は花や風景を描いていたが、そのうちに色や形で遊びはじめた。失敗したと思っても別の紙を上に貼ると全然違った様子になった。もとの絵にあった模様が意外な効果をあげる。

「私はどうしても、それらしくまとめようとするのがいけないね。だから絵が下品になる。そこへいくと伍一はいいんだ。心のままに手を動かしている」

ほめられて伍一は頰を染めた。

「そんなことはないですよ。作太郎さんの貼り絵は色が明るくて楽しいわ」

お高は言った。

「それはもともとのもへじの色づかいが明るいからだ。うん、でも、もへじも昔から考えるとずいぶんと明るい色調になった」

「絵の具もたくさん使っています」

伍一が言う。

「そうだな。きれいな色がたくさんある。伍一はどの色が好きだ？」

伍一は迷わず瑠璃《るり》色を指差した。

「お客さま、お目が高い。これは手前どもで一番高価な絵の具ですよ」

作太郎がおどけて言った。

「お腹《なか》すいたでしょ。今日はうちでご飯を食べていったら？」

お高は身軽に台所に立った。

三人でいわしの梅干し煮と煮やっこで夕餉《ゆうげ》にしていると、遅くなったのを心配したもへじが迎えに来て食事に加わった。作太郎ともへじはその日につくった貼り絵を肴《さかな》に酒を飲みはじめ、話が尽きなくなり、結局、もへじと伍一は泊まっていくことになった。

絵の話をしているときの作太郎は、厨房《ちゅうぼう》にいるときとも、釣りから帰ってきたときとも違う晴ればれとした顔をしていた。お高はそれがうれしく、誇らしかった。

「あら、今日のお客さま……」

お高は二階に上がる後ろ姿につぶやいた。室町の袋物屋、松葉屋の隠居の伝兵衛がとびっきりのお客を連れてくるからと言っていた。

伝兵衛は顔の広い男で、日本橋あたりの大店《おおだな》の主《あるじ》や隠居をあれこれと連れてくる。往年の英《はなぶさ》を知っている人たちも多く、九蔵由来のお高の料理を喜んでくれた。伝兵衛が紹介する者たちはそろっておいしいもの好きで、粋《いき》な遊びをしたから、お高も迎えるのが楽しみだった。

鬢《びん》に白髪のまじる五十がらみの男だった。厚みのある体に、苔《こけ》色の縞《しま》の着物に更紗《さらさ》の帯をさりげなく合わせている。ちらりとのぞいた海老茶《えびちゃ》の羽織の裏地は、白地に華やかな色で鷹《たか》を染めてあった。これは京友禅《ゆうぜん》と見た。

贅沢な着物をさらりとまとい、それが身についている。

相当な分限者《ぶげんしゃ》に違いない。

大店の主のようには見えない。さりとて武士でもない。

なにをしている人だろうと思った。

階段を降りてきた伝兵衛にたずねた。

「そろそろ種明かしをしましょうか。札差《ふださし》の雨宮平右衛門さんですよ。英にもよく足を運んでいたそうですよ。今日は、その料理が食べられると楽しみにしています」

「まぁ、お人が悪い。そういうことは早く言ってくださらないと」

それを聞いてお高は少しあわてた。

雨宮平右衛門は江戸でも指折りの札差だ。大名も一目おく知恵者で、おいしいものも贅沢なものも知り尽くしている。

「先に言ったら、お高さんが気張りすぎてしまうでしょ。いつもの、丸九の二階の料理でいいんですよ。旬《しゅん》のもので、ていねいに手をかけていて、おやと思わせる遊び心がある。どうだっていうような、こけおどかしの料理は飽きあきしているんだから」

伝兵衛は笑った。

「そんなふうにおっしゃられても。……父の料理にはまだまだ及ばないことは分かっているんです。だから、英の味を知っているという方がいらっしゃると、本当に困ってしまうんですよ」

お高は頬を染めた。

この日の魚はさばとかますである。

富蔵はうれしそうな顔で脂ののったさばとかますを持ってきた。

「な、丸九さんで使ってもらいたいって魚のほうが揚がってきたんだよ」

そんなことを言われて、取らないわけにはいかない。実際、うろこを光らせた生きのいい魚を見れば、お高も富蔵の気持ちがうれしくて思わず笑みがこぼれるのである。

そんなわけで、さばの酢煮。これはさばをさっと湯通しして霜降りにしてから、だし、酢、しょうゆ、みりん、しょうがで煮たものだ。さばの脂のうまみを残しつつ、さっぱりと食べられる。霜降りにすることでさばのくせをやわらげ、煮くずれをふせぎ、味をしみやすくする。

七夕も近いので具だくさんのそうめんにして、かますは塩と酒をふって焼き、車えびはゆで、ほかにゆでた青菜や錦糸玉子をたっぷりとのせた。

そして定番のふわふわ玉子、えび真薯《しんじょ》、ご飯に香《こう》の物である。

お高が料理を運んでいくと、雨宮が声をかけた。

「今日は楽しい。眼福《がんぷく》に口福《こうふく》だ。英の味を思い出したよ」

雨宮は相好《そうごう》をくずして言った。気取らない人柄が伝わってきた。

料理が一段落したところで、おぎんと初花がやって来た。

「今日はよろしくお願いいたします」

褄《つま》を取って軽く頭を下げた。その様子がすっかり板についている。

「みなさん、お待ちかねですよ」

お高が言うと、軽い足取りで階段を上っていった。粋なつぶし島田に細縞《ほそじま》の着物の襟を大きく抜いている。初花の細く白い首筋を羽織の黒がいっそう華奢《きゃしゃ》に見せていた。

にぎやかに三味線が鳴って唄がはじまった。

「初花さん、きれいになりましたねぇ。もう、立派な芸者さんだ」

お栄が耳をそばだてる。

あの人が初花さんの旦那かぁ。

お近は膳《ぜん》を運んだときに、さりげなく、けれどしっかりと雨宮平右衛門の顔を見た。

――年は五十のちょっと前かな。それで白髪があるの。

初花は淡々とした調子で言った。

思ったほど年寄りくさくなかったし、気難しいとか、意地が悪いとか、そういう感じはしなかった。大人の余裕というものを感じさせた。

一流の芸者になるためには、いい旦那がついていなくてはならないという。世間に名の通った、懐の豊かな旦那がついて、贅沢になじむと、芸者はきれいになるのだそうだ。

――お茶屋さんでも大事にしてくれるし、芸者仲間にも一目おかれるし、お座敷もかかるのよ。芸者は売り時があるからね。あたしは一番きれいなときに、高く売ったってわけ。

初花はそうお近に説明した。

二

いつのころからか、〈箸仙《はしせん》〉の惣領息子の新兵衛が毎日のように昼餉《ひるげ》を食べに来るようになった。

惣衛門、徳兵衛、お蔦と仲よくなっていっしょの席に座り、しゃべっている。時にはそこに鴈右衛門《がんえもん》とおりきが加わる。早くて一時、長いときは夕暮れ近くまで茶を飲み、しゃべっている。

惣衛門や徳兵衛、鴈右衛門は隠居の身だからかまわないが、若い新兵衛は仕事があるだろうにと、お高のほうが心配になった。

その日は、厚揚げとあさりの煮物、なまり節と瓜《うり》の酢の物、めじなのあら汁である。

ご飯とぬか漬け、それに甘味《かんみ》はゆであずきの白玉のせだ。

めじなは鯛《たい》に似た姿の黒っぽい魚だ。すずきの仲間で刺身でも、焼いてもうまい。

あら汁には、そのめじなをぶつ切りにしてみそを加えている。あら汁とはいっても身がたっぷり入っている。骨や皮からのだしも出る。働く男たちには大人気で、大盛りご飯にざぶりとかけて食べている。なまり節はかつおを蒸したり、燻煙《くんえん》をかけたりしたもので、それだけで食べてもおいしいし、煮たり、焼いたりするといいだしが出る。

「いやあ、夜もいいけれど、この店の本当のよさは朝餉と昼餉にありますねぇ」

新兵衛が瓜のようなつるりとした長細い顔をほころばせ、お高に言った。

「そうだろ？　分かっているじゃねぇか」

徳兵衛がうれしそうな顔になる。こちらは丸っこいたぬき顔だ。

「それにしてもあら汁ってのはいいもんですねぇ。顔につやが出てきましたよ」

鼻筋の通った役者顔の惣衛門が言う。

「たしかに惣衛門さんも徳兵衛さんも、顔色がいいですよ」

少ししゃがれた声でお蔦がほめる。お蔦にほめられてまんざらでもない様子の徳兵衛が膝を打った。

「お、ひとつできたよ」

「お得意のなぞかけですか」

惣衛門が答える。

「箸屋の若旦那とかけて江戸っ子ととく」

「おや、私のことですか？」

「そうだよ。あんたのことだよ」

「これは楽しみだ」

新兵衛は顔をほころばせる。

「箸屋の若旦那とかけて江戸っ子ととく。その心は……、立派な箸（橋）が自慢です。

橋っていうのは日本橋のことだよ」

「恐縮です」

新兵衛が照れて頭をかいた。明るい笑い声が響いた。

厨房に戻ると、皿小鉢をふきながらお近がすまして言った。

「若旦那とかけて炭屋の三河屋《みかわや》とときます」

「あら、お近ちゃんもなぞかけ？」

お高がたずねると、お近がにやりと笑って答えた。

「その心は……、油を売るのも仕事です」

「いやあねぇ、もう」

「しかしねぇ、こう毎日、ここで暇をつぶしていて、いいんでしょうかねぇ。あたしは初花さん目当てに来ていると思っていたんだけど、そうでもなさそうだし……」

お栄が首を傾げた。

以前は朝の稽古《けいこ》帰りに初花がよく顔を見せた。

前の晩に食べ損ねたと言っては、初花は気持ちのいい食欲を見せた。大盛りのご飯を平らげ、甘味をうれしそうに楽しんだ。

その初花は近ごろ、姿を見せない。

「忙しいんだよ、きっと」

お近は答えた。

その初花に、お近はばったり出くわした。

お座敷に出る前、湯屋に向かうつもりらしく手ぬぐいを入れた桶《おけ》を抱えていた。お近の顔を見ると、水茶屋に誘った。

奥のひと気のない席に向かった。

どうやらひみつの話があるらしい。

初花は声をひそめて言った。

「あたし、好きな人ができちゃった」

白い頬がほんのりと染まっていた。

初花は白地に藍で朝顔を染めた真新しい木綿の着物だった。

「旦那じゃなくて?」

きな粉と黒蜜のかかった白玉団子を食べながらお近はたずねた。

「当たり前じゃないの」

「それは、つまり浮気ってこと?」

お近はさらに声をひそめた。

「芸者は間夫《まぶ》をもつものなのよ」

初花は大人びた調子で答えた。

芸者は金で買われている。けれど、心までは買われていない。だから芸者は恋をするのだと言った。

「相手はどんな人? 役者さん?」

「ひみつ。これっかりは、あんたにも言えないわ。だって、素人《しろうと》さんなんだもの」

役者なら玄人筋だから芸者と同じ水に棲《す》む者同士だ。けれど、素人に手を出すのは少し、いや、かなりまずい。それくらいは、お近も知っている。

しかし、ひみつと言いながら、初花の口元はほころんで言いたくて仕方がないという顔をしていた。

「いろいろと大変なのよ。ちょっと会うのだって。おかあさんが目を光らせているから」

それは当然だ。

旦那に知れたら大ごとだ。

芸者の浮気を大目に見るのが、粋な旦那だということになっている。

その話を聞いたとき、お近は笑った。

そもそも花街《かがい》のそうした「しきたり」というか「ならい」というのは、料理茶屋だの、置屋だのが自分たちに都合のいいようにつくりだしたものに違いない。

考えてみれば分かる。

大金を積んで世話をしているのに、その女が勝手によその男と会っていて、本当に好きなのはこっちのほうだなどと言われて、怒らない男のほうがおかしい。

ばかばかしい、もうやめる、と言うだろう。

そこを引き留める策として編み出されたのが、「粋な旦那」だ。

そもそも花街というのは男が見栄を張る場所だ。花街で遊ぶような金も力もある男は恥をかくくらいなら、多少のことには目をつぶる。甘やかす。そういう旦那を上手におだて、手の上で転がすのが、芸者の手練手管《てれんてくだ》というものだ。

嘘と誠が織り合わさって、お客に美しい夢を見せる場所が花街というものではなかろうか。

だが、そうはいっても、初花はまだ十七なのだ。

「あたしね、初めて人を好きになったの。好きになるってこういうことかと思った。あーさんといるときと全然違うんだもの」

あーさんとは札差の雨宮のことだ。

「……その人に髪を触れられると顔がかあっと熱くなって、胸が苦しくて、心《しん》の臓が口から飛び出しそうになるの」

「うん、うん。分かるよ」

お近は答えた。惚《ほ》れっぽくて飽きやすいお近は、今まで何度もそういうことがあった。品川の漁師の剛太もそうだったし、宙返りが得意な門付《かどづけ》の男もいた。それから、もへじも。

「どこで会うの？」

　やんわりと探りを入れる。初花のことだから、最初は客として会った人だろう。好きになったのは、初花のほうだ。流行《はや》りっ妓《こ》の初花を好いている男はたくさんいるから、そうでなければ恋に発展しない。

「待合のこともあるけれど……、室町の仕事場にも行くの」

「お座敷で会うんじゃなくて？　じゃあ、ほんとの、ほんとの素人さんなんだね」

　お近は目を輝かせた。

　若い大工か、植木屋か。腕のいい職人が芸者を女房にするのはよくあることだ。あるいは、どこかのお店の若旦那。年上に連れられてお座敷に来て、初花を見初《みそ》めた。

「いいじゃないの。向こうも、あんたのことを好きなんだよね」

「うん。そう言ってくれる。文《ふみ》もたくさんもらった」

「そうかぁ。いいねぇ。そういう話を聞くと、あたしもうれしくなる」

「すごく、やさしいの。お前が一番だよって言ってくれる」

　黒蜜のかかった甘い団子がもっと甘くなる。

「うん、うん」

「もっと早く会いたかったって」

「でもさ、初花さんはいずれ自前芸者になるんでしょ。そしたらいっしょになって……」

初花のふっくらとした唇がきゅっと閉じて一本の線になった。

それができない人なの？

お近は言葉をのみこんだ。

「だめなの？」

「奥さんがいる人なの。子供も。だから、別れられないんだって」

「それって……」

急に、白玉団子が苦くなった。

初花と別れて歩いていると、箸屋の惣領息子の新兵衛がいた。

柳の木に寄りかかって川面《かわも》をながめている。本当にこの人はいつ仕事をするのだろう。通り過ぎようとしたら目が合った。

「いつもありがとうございます」

お近は挨拶をした。

「あ、丸九のお運びさんだね」

急に元気な顔になった。

「そうですけど……」

「以前、おたくの店で会った地本問屋《じほんどいや》の萬右衛門って人はまた来ないの？」

なれなれしく近くに寄ってくると、くだけた調子で話しかけた。

「……さぁ、どうでしょう。それは、おかみさんでないと……」

「こんど来るときは、教えてよ。俺、あの人の話を聞きたいんだ」

「そう言われても……」

いつ、どのお客が来るかは簡単に教えられない。

「俺はさぁ、箸屋でくすぶっている男じゃないと思うんだ。箸屋の仕事は面白くないんだよ。だいたい箸仙は俺がいなくても回っていくからさ。世の中にはもっと俺をワクワクさせるような仕事があるじゃないか」

「……それが地本問屋ってことですか？」

気持ちは分かる。萬右衛門が世に送り出した本はよく売れて、その作者も人気者になる。萬右衛門こそ仕掛け人で、時代の風を読む人だ。

「そうだよ。もへじさんだってそれまでは暦の表紙だの、うちわの絵柄だの細々した仕事をしていたのに、萬右衛門に見いだされて今や人気の絵師さまだ」

そのとおりである。

売れないころのもへじを知っているお近は新兵衛を少し見直した。意外にも新兵衛は、地本問屋の世界にくわしいらしい。

「もへじさんは、昔から丸九とはお付き合いがあるんです。おかみのご亭主と古い付き合いがあるので」

「そうだってね。会ったときに聞いたよ。夢見さんだって、黄表紙《きびょうし》を手がける前は大変だったんだ。借金だらけで深川にはなじみの芸者がいて、しかも家に戻ると女房と子供が三人」

「なじみの芸者さんがいて……、お子さんもいるんですか？　そんなふうには見えなかったですけれど」

「無頼《ぶらい》なんだな。肝が太いっていうか。そのくらいの男でないと、面白いものはかけないんだよ。俺もさぁ、ちまちま箸を売って終わりたくはないんだ」

新兵衛さんは箸を売っていませんよ。

油を売っているだけです。

お近は胸のうちでつぶやく。

「それで、つまり、お客さんは地本問屋さんをめざしたいと」

「そうなんだよ。世に埋もれている原石を見つけ出して磨いて売り出す。面白い仕事だと思わないか」

「思います。やりがいもありますよ。もへじさんも、萬右衛門さんと出会わなかったら、今でも暮らしのために、小さな仕事を数こなさなくちゃならなかったわけですから。萬右衛門さんのような人を待っている絵師や戯作者《げさくしゃ》がたくさんいると思います」

お近はもへじの顔を思い浮かべながら答えた。

いつも穏やかで絵筆を離さないもへじだが、あのころは忸怩《じくじ》たる思いもあったに違いない。名が売れて好きなものが描けるようになった今は、以前よりもゆったりといい顔をしている。

「まぁ、思い立っただけで特技があるとか、そういうわけじゃないんだけどさ」

「でも、それなら、萬右衛門さんが丸九に来るのを待っていないで、ご自分から室町のお店に行ったらどうですか？　話を聞いてもらったら道が開けるかもしれないですよ」

「……そういう輩《やから》はすでにいっぱい押しかけているんだ。なかには助手とか弟子に取り立ててもらった人もいるらしい。でもさぁ、今さら、弟子っていうのはなぁ。あの日も、外にふたりばかりいたよな」

そういえば萬右衛門が丸九に来たとき、家まで送っていくためにふたりの弟子が外でずっと待っていた。

「そういうのは、ちょっとなぁ」

つまり、もう少し対等な、あるいは優遇された、つまりは楽な場所にいたいということか。

それは少し虫がいいのではなかろうか。

新兵衛には特筆すべき経験も力もないのだから。

「……そうですねぇ。そういうことなら……、お客さんの場合は、やっぱり、箸屋さんの家業を大切にされたほうが」

お近は遠回しに答えた。

数日が過ぎた。

夕方に近い時刻だった。

丸九の裏の戸が叩《たた》かれた。お近が出ていくと、初花が立っていた。お稽古帰りの姿だった。

「ねぇ、お願い。あたし、これからお座敷があるの。だから……」

そう言って手を合わせる。

「〈山咲《やまさき》〉ってお茶屋を知っている？　そこにこの文を届けてほしいの。あたしからって言えば分かるから。ほかに頼む人がいないの。あの人が待っているから」

初花はお近の手に文を押しつけた。初花が泣きそうな顔をしたので、結局、お近はその文を届ける役を受けた。

山咲は檜物町のはずれの川のそばにある古い茶屋だった。

入り口で、出てきた仲居に初花から頼まれて来たと言った。

「そのお客さんなら二階の奥の部屋にいるけど。あたしが持っていってもいいけど……。あんたが自分で届けてもかまわないよ」

「じゃあ、あたしが自分で持っていきます」

とっさにお近はそう答えた。

初花の相手がだれか確かめたかったのだ。

お近は文を持って二階に上がった。廊下を進み、奥の部屋が見えた。襖《ふすま》の前で声をかけた。「初花さんからの文をお持ちしました」

「……どうぞ」

聞き覚えのある声だった。

襖を開けると、横を向いていた男がこちらを見た。重たげなまぶたの眠そうな細い目をしていた。

朝木亭夢見だった。

初花の相手はこの男だったのか。

「あの……、初花さんが来られないって……」

でも、どうして夢見なのだ。

意地の悪いことを言われて泣かされた相手だ。

夢見には糟糠《そうこう》の妻と子供がいて、そのうえ、長い付き合いの深川芸者がいるというではないか。

借金まで抱えた無頼漢なのに。

「……文を、……文をお届けにまいりました」

いろいろなことが頭に浮かんで、お近はしどろもどろになった。

「そうか。振られてしまったか。仕方ないなぁ。そういうときもあるか」

夢見はそんなことはどうでもいいんだというように、煙管《キセル》を手にした。

それからお近は初花に頼まれて、何度か夢見に文を届けた。

初花は夢見に夢中だった。

それは、傍《はた》から見てもすぐに分かった。夢見の話をするとき、初花の目がうるみ、頬が染まった。食べ物はなにが好きか、どんなふうに絵を描くのか、事細かにしゃべった。

よく笑い、すぐ泣いて、やせた。

初花はますます美しくなった。

芸者たちは両想いになると、羽織や着物に相手の家紋と自分の家紋を組み合わせた紋をつける。初花は自分の桔梗《ききょう》と夢見の笹《ささ》を合わせた。そんなことをすれば、すぐに噂になるけれど、初花はかえってそのことがうれしかったようだ。

やがて初花と夢見のことは阿さ川のおかあさんの耳にも入った。おかあさんは逆上して騒ぎになったそうだ。

お近はそのことを、店に来た若い芸者たちの噂話で知った。

「あたし、何度もいっしょにいたことにしてくれって頼まれた」

「あたしもよ。だけど、そんなに何度も嘘はつけないもの」

「そうなのよ。いずれは分かっちゃうわよ」

芸者たちは隅のほうで周囲に人がいないことを確かめて、こそこそとしゃべっていた。けれど、お近はそれが初花のことであるとすぐ分かった。

「あーさんだって気づいているでしょ」

雨宮のことだ。

「あの人は大人だもの。分かっていて気づかぬふりをしている。多少の浮気は大目に見るのが遊び慣れた男だもの」

「それだって限度があるよ。あんないい旦那、しくじったらもったいないよ」

「でもさ、浮名が流れて芸者は一人前だよ。恋は芸者の命なんだよ」

女たちはあれこれと言い合った。

お近は最初に会った日から初花と気が合った。ふたりは時間をやりくりして、水茶屋で会っておしゃべりした。

初花はまじめな頑張り屋で、負けず嫌いだった。芸者置屋でおかあさんや姐《ねえ》さんたちに囲まれて育って人より早く大人になったけれど、ふつうの娘が通る道を通っていないから知らないこともたくさんあった。

初花は役者に熱をあげるようなこともなかった。幼なじみの男友達もいない。男の人を好きになるのが、初めてだったようだ。

男と女のことが先にあったから、ふつうの娘とは順序が逆なのだ。

夢見に尋常でない熱の入れ方をするのは、そのせいではないかと、お近は思った。

そもそも旦那がいるというのは、どういうことなのか。

ここのところがお近にはよく分からない。

「だから、お客さんよ。お座敷に出るでしょ。おしゃべりして、踊ったり、三味線弾いたりするでしょ。それと同じこと。芸者はお客を楽しませるのが仕事なの」

同じなのか？

お近は首を傾げた。

「だからぁ、お近ちゃんがあたしと水茶屋でお団子食べるでしょ。それから、好きな人ともお団子食べるでしょ。やっていることは同じでも、気持ちは全然違うじゃないの」

初花は当たり前じゃないのという顔をした。

お近はあれやこれやと、いろいろな人を好きになったけれど、深い付き合いになった人はまだいなかったから、そこのところはよく分からない。

その日も、ふたりで水茶屋で団子を食べていた。

「あたし、この前、夢見さんの家に奥さんを訪ねたの」

初花は白い頰を紅潮させて言った。

「どこに住んでるか、よく分かったね」

「神田明神の近くだって聞いてたから、近くまで行って酒屋で聞いたのよ。『黄表紙をかいている夢見さんのところにお酒をお届けしたいんですけど』って言ったら、すぐ教えてくれたわ」

そういうところは、知恵がまわる初花である。

ふた間続きの古い家で子供の泣き声が聞こえた。

裏に回ったら、赤ん坊を背負った若い女が井戸で洗濯をしていた。

「細面《ほそおもて》のきれいな人だった。年は二十三、四かな。膝のあたりに継ぎをした着物で目尻にちょっとしわがあった」

初花は勝ち誇ったように言う。

「このあたりに家を借りようと思ってるって言ったら、二軒先の空き家のことですかって聞かれた。ちょうど、二軒先が空いていて、見に来る人がいるらしいの。あの家は新しいからいいですよ、差配《さはい》さんも住んでる人もみんなやさしい、いい人だから住みやすいですよって言われた」

「いい人なんだね、その人も」

「あたしも返事に困って、そうですか、今、住み込みで料理屋の仲居をしているんですけど、おっかさんが年をとったから、いっしょに住もうと思っているんですって答えた。そしたら、きっと名のある立派なお店なんでしょうねぇ。どうりであか抜けていると思いましたよって」

お近は初花の木綿の着物をながめた。白地に夏の草花が繊細な筆で描かれている。初花は普段着のつもりだろうが、料理屋の仲居が身につける品ではない。

「うちも同じ大家さんだから、中を見ますかって言われた」

「それで、家にあがったの？」

「……いいんですかって聞いたら、どうぞって答えたし」

「中はどんな様子だった？」

「ふつうの家。部屋の真ん中に子供のおもちゃが転がっていて、隅のほうにはおむつとか着物がたたんであった。ちらっと奥の部屋が見えた。文机《ふづくえ》の脇に風呂敷包みがあって、筆や紙やそういうものが入っているのが分かった。女の人が言ったの」

——うちの人はいつもここでも仕事をしているんです。時には、子供を膝にのせて絵を描いたりするんですよ。妻の自信に満ちていた。どっかりと腰をすえていて、びくともしないっていう」

「なんていうのかしら。妻の自信に満ちていた。どっかりと腰をすえていて、びくともしないっていう」


初花は悔しそうに唇を噛《か》んだ。

「室町にある夢見さんの仕事場は、いつもきれいに片づいているの。文机の上の決まった場所に筆や硯《すずり》や絵の具があって、紙も角をそろえて重なっている。そうでないと、仕事ができないんだって聞いていたから、ちょっと驚いた」

「本当はそういう落ち着いた場所で仕事がしたいんだよ。そのほうがはかどるんだ。だから、家じゃなくて仕事場を借りているんだよ」

お近は初花を応援したくてそう言った。

「そうだよね。いくら子供がいたってさぁ、あの部屋はごちゃごちゃしすぎていたよ。あたしだったら、もっとちゃんと掃除してきちんと住むんだけどなって思った。夢見さんの仕事がしやすいように」

その家には、初花の知らない夢見のふだんの暮らしがあったのだろう。

だから、初花は苛立《いらだ》ったのだ。

「子供が帰ってきたんだ。話に聞いてたから分かった。六歳と五歳の男の子」

——今日、父ちゃんは帰ってくるのか。

——あんたたちがおとなしくしていたら、父ちゃんは帰ってくるよ。

「顔がね、びっくりするほど夢見さんに似ていた」

　深いため息をついた。

「その女の人、初花さんが夢見さんの相手だって気づいたのかな」

「だと思う。だから、部屋の中を見せたんだよ。ここは夢見とあたしと子供の家なんですよって。売り出し中の黄表紙作者の夢見が、房総《ぼうそう》の米屋の息子の安造《やすぞう》に戻ってくつろぐ場所ですよって言いたかったんだ」

　夢見の本名は安造というのか。

　お近は胸のうちでつぶやいた。

「あの人はね、あたしに言いたかったのよ。昨日、今日の付き合いのあなたには、まだまだ知らないことがたくさんあるんですよ、あたしは、まだ何者でもなくて、苛立ったり、落ち込んだりしていたあの人を支えて、ここまでにしたんですって」

「うーん、まぁ、そうかもしれないけど。……でも、大事なのはこれからだから」

「そうよね。そう、思うわよね。……あたしは負けないから」

初花はきっぱりと言い切った。

「だって、あの人は夢見さんになったんだよ。今の夢見さんにふさわしいのは、あの人じゃなくて、あたしよ」

戦いを挑むような強い目をしていた。お近は初花が少し怖くなった。

「悪いけど、ちょっとお願いがあるの」

お近の仕事が終わるのを路地で待っていた初花が言った。髪を島田に結い、裾模様のある海老茶の着物に黒の羽織姿だった。

「これからお座敷？」

「その前に、ちょっと。あーさんと会うのよ。だから付き合ってほしいの」

「あたしも行くの？」

「ふたりで会ったら、いつもみたいに言いくるめられちゃうもの。すぐ、そこだから」

初花は手を合わせた。

それでお近は仕方なくついていくことにした。

〈山科《やましな》〉という料理茶屋は、隠れ家のような佇《たたず》まいの店だった。

初花が行くと、すぐに二階の奥の離れに案内された。襖を開けると次の間があって、その先は床の間のある座敷で雨宮がいた。

お近はこんなふうに間近で雨宮に会うのは初めてだった。

雨宮は縞の着物に深い苔色の羽織で、ちらりと見えた裏地は凝《こ》った縫い取りがあった。それが、風格のある雨宮によく似あっていた。初花は雨宮のことを年寄りくさいという。たしかに鬢《びん》のあたりに白髪が散っているが、それが年相応の落ち着きを感じさせた。いわゆる二枚目の役者顔ではないが、内からにじみ出るような自信と力が雨宮の男ぶりをあげていた。

「ひとりじゃなかったのか」

低い、よく響く声で言った。

「友達。いっしょに話を聞いてもらおうと思って」

初花はぶっきらぼうな言い方をした。

「そうだな。証人がいたほうがいいのかもしれないな。後で言った、言わないになると困るから」

雨宮はゆったりと答えた。

女中は茶菓子を持ってきただけで顔を出さない。お近は困って、気配を消して部屋の隅に座っていた。

小さな坪庭に面した広い座敷だった。どこからか鳥の声が聞こえてきた。

ぴたりと閉まった襖の奥にもうひとつ部屋があるらしいことに、気づいた。薪《まき》を焚《た》く音がしたから風呂があるのかもしれない。そのことは、考えないようにした。

「それで、どうなんだ」

雨宮はたずねた。

「言ったでしょ。あたしの気持ちは変わらないから」

「役者はいい。玄人だからな。けれど戯作者はだめだ」

「夢見さんは戯作者じゃないわ。黄表紙をかいているの」

初花は突っかかるように言い返した。

芸者は旦那に対してこんなふうな物言いをするのか。それとも、初花だからだろうか。

お近はふたりの顔を交互にながめた。

「あたしはあなたに金で買われているけれど、心まで買われたわけじゃないのよ」

初花はきらきらと光る強い目をして言い返した。

「私だってお前の心まで買えるとは思っていないよ。金で買えるものなんて、たかが知れている」

江戸でも指折りの金持ちで、金の力を知り尽くしている男は穏やかにそう答えた。

「私は阿さ川のおかあさんに毎月、なにがしかの金を渡している。そのほかにも、あれこれと世話をやいている。だからって、恩を着せるつもりはないけれど、今までそれなりの気持ちで付き合ってきたつもりだ。私はお前が好きだ。一流の芸者に育つ天分をもっている。だから、後押ししたいと思っている。それでも、その黄表紙をかく男がいいのかい？　お前はいったい、その男とどうなりたいんだ。向こうには妻も子も、なじみの女もいるそうじゃないか」

初花は横を向いた。

「……夢見さんが好きなの。力になりたいの」

小さな声でつぶやいた。

「力になりたいか……。女房にすらなれないのか。お前はいつから二番目、三番目の女で我慢できるようになったんだ」

初花ははっと顔を上げて雨宮をにらんだ。

雨宮はゆったりと茶を飲み、お近に声をかけた。

「今の初花は頭に血がのぼっていて、私の話をまともに聞くことができない。あなたから、後でちゃんと伝えてほしい」

お近は、もへじのことを思い出していた。

付き合ってほしいと言ったとき、もへじは最初、断った。以前、女の人と暮らしていたことがある。その人のことは好きだったけれど、自分は絵を描くとそのことに夢中になってしまう。それで女の人を悲しませたし、自分も苦しかった。自分は女の人を幸せにできない。だから、お近と付き合うことはできない。

けれど、お近はもへじが大好きだったから、ぐいぐいと迫った。家に押しかけて、あれこれとつきまとった。

そうしておいて、自分から別れを切りだした。

もへじの頭の中にはいつも絵がある。今まで描いた絵、巨匠の描いた絵、これから描くはずの、まだ形にならない絵。その美しい世界をお近は見ることができない。いっしょにいるのに、分かち合えない。だから淋《さび》しい。

——もう、無理なんだ。

お近が言うと、もへじは淋しげな、あきらめをにじませた顔をした。

——だから、言ったよね。俺はお近ちゃんにはふさわしくないんだって。……お近ちゃんから見ると、俺はすごいおっさんだよなぁ。傷つくことなんかなんにもないと思っているだろう。だけど違うんだよ。おっさんでも悲しくなるし、淋しくなるんだ。俺の中には十五の俺も、十八の俺もいるんだから。……そういう時を通り過ぎてきて、今があるんだからね。転べば痛いし、怪我《けが》をするんだ。だけど、大人はそういうところを人に見せたらいけない、かっこつけなくちゃいけないと思うから、見せないようにしているだけなんだよ。

あのとき、お近は自分のことで頭が一杯で、もへじの言葉は耳に入らなかった。

でも、今になって分かる。

もへじはお近を好いてくれていた。

お近が思っていたよりもずっと、深く、強く想ってくれていた。

でも、いつか別れの時がくると知っていたから、注意深く、上手に日々を過ごしていた。

もへじはお近に触れなかった。

頭をぽんぽんするのがせいぜいで、お近がもへじに抱きつくと、あれやこれや言って逃げていった。

そうやって、別れる時がきても自分が傷つかないように、悲しくならないように注意していたのだ。

今の初花は自分の気持ちで手一杯で雨宮を思いやることなどできないのだろう。

夢見がどれだけ魅力的に見えているかわからないが、初花を幸せにする男ではない。

「お前がどうしても夢見さんが好きだ、夢見さんのところにいきたいというのなら、仕方ないね。それなら、私はもうお前の世話をしてあげられないよ。淋しいけれどね。それでもいいのかい」

最後通牒《つうちょう》だった。

初花は初めて、困った顔をした。

「阿さ川のおかあさんが聞いたら騒ぎになる。今からでも遅くないからあやまってこいと言うだろう。おかあさんにはおかあさんの都合ってものもあるからね。だから、今、ここで、その話を決めておきたい。本当にいいんだね」

短い沈黙があった。

芸者の世界をよく知らないお近でも、雨宮の庇護《ひご》から離れるのがどういうことかおぼろげに分かった。それは、初花が旦那をしくじったということだけではなく、大きな未来を手放すことにもなりかねない。

「分かりました。仕方ありません」

初花は強い目をして言い切った。

雨宮は低く笑った。

「もったいないなぁ。激しい気性、負けん気の強さ。踊りと三味線の天分。器量もいいし、頭も悪くない。お前は日本橋一の芸者になれるんだよ。自分の力で世の中を渡っていける。それだのに、だれかを支えて生きるなんて。そんな小さな幸せ、つまらないじゃあないか」

立ち上がるとき、一瞬だけ、雨宮はいつか、お近が別れを告げたときにもへじが見せた、あのあきらめと淋しさのまじった表情になった。

三

「お高ちゃん、朝木亭夢見ってこの店にも来るんだろう？『恋の田楽《でんがく》　すりごま、みそだれ』読んだかい？　うちの店の女たちが大騒ぎしているよ」

店に来るなり徳兵衛が言った。

二日前に売り出したばかりの夢見の黄表紙は萬右衛門の言葉どおり、大評判となった。貸本屋の順番が待てないと自前で買う人も多く、刷るのが間に合わないという。

「恋物語なんでしょう」

お高の問いにお蔦がうなずいた。

「なんでも主人公は絵師でね、糟糠の妻がいるけど昔なじみの粋な深川芸者と深い仲。おまけに若い日本橋芸者とも付き合っているんだ。そのふたりが鉢合わせ」

膳を運んでいたお近は思わず聞き耳を立てた。

よく似た話を初花から聞いていたからだ。

「それが面白いんだってさ。絵師がね、深川芸者と仕事場で湯豆腐なんか食っていると、日本橋芸者が弁当持って来ちまうんだ。芸者ふたりが鉢合わせ。言い争っている間に、絵師はこっそり裏口から逃げようとするけど、ふたりに見つかっちまう。喧嘩していた芸者ふたりが手を組んで、絵師に詰め寄る。絵師は冷や汗をかくんだ」

「それは笑える話なんですか」

「もちろんさ。ああ、桑原《くわばら》、桑原。モテ男も辛《つら》いねぇ。うちの女たちが読み終わったら俺にも貸してくれるっていうから楽しみに待っている」

徳兵衛はにやりとする。

「悪趣味ですよ。あたしはそういうのは好きじゃないんです」

惣衛門が顔をしかめた。

「まぁ、黄表紙なんてそんなもんだよ。面白ければいいんだよ」

お蔦が分かった様子で言う。

初花の様子が気になって、お近は仕事を抜けて芸者置屋阿さ川に行った。出てきた少女にたずねると、初花は二階の部屋で寝ているという。

おかあさんも姐さんたちも湯屋や髪結いにそれぞれ出かけて、置屋はしんとしていた。

二階に上がると、奥の部屋で初花が部屋の隅で布団にくるまっていた。

「初花さん。大丈夫？」

「大丈夫じゃないよ」

くぐもった声とともに、『恋の田楽　すりごま、みそだれ』がお近の膝元に投げつけられた。広がったのは、例の湯豆腐の場面だった。

湯豆腐の鍋をはさんで、絵師の海原磯太郎《かいばらいそたろう》と乙《おつ》な年増の深川芸者の海苔丸《のりまる》が向かいあっている。

磯太郎は流行りの髷《まげ》を結い気取っているが、目は細く、団子鼻の野暮ったい顔つきである。対する芸者の海苔丸は浮世絵から抜け出たような麗しさだ。

かいがいしく湯豆腐をすくって、磯太郎にすすめている。

『熱々の豆腐じゃわい。ふたりの仲も豆腐とねぎのようによい塩梅《あんばい》じゃ』

海苔丸が言えば、磯太郎は目尻を下げてにやけている。

しかし、よく見ると、裏の戸が細く開いていて、若い日本橋芸者の花豆《はなまめ》が中の様子をうかがっている。

『あれ、磯太郎さん、この仕打ちはあんまりじゃ。私という者がありながら』

次の場面では、磯太郎に花豆がしがみついている。花豆の体を引き離そうと海苔丸が腕を引き、湯豆腐の鍋は床に転がり、あたりは水浸しである。

『花豆は身も心も磯太郎さん、ひとりのものじゃ。お前がかわいい。愛《いと》しいのはお前だけじゃと言ってくだしゃったのは、あれは嘘でござんしたか』

『いやいや、それは本当じゃ。わしが愛しいと思っているのは、花豆だけだ』

磯太郎が答えると、海苔丸が叫ぶ。

『卵の四角と芸者の誠、あれば晦日に月が出るというけれど、おまいさんもその場しのぎの嘘ばかり。あちきも同じ台詞《せりふ》を聞いたばかりじゃ』

お近はなんと答えていいのか分からず、黙って黄表紙をながめていた。

「それ、あたしのことだ。そこにあること、全部、本当にあったことなの。台詞もみんな、そのとおり。その先にはあたしが送った文も。あの人は、あたしの恋文をそのまんま使っている」

布団の中から初花の声が聞こえてきた。

「あの文は夢見さんに送ったんだ。夢見さんだけに読んでもらうつもりだった。それを勝手に黄表紙にかくなんて、ひどいじゃないか。恥ずかしい。このまま、消えてしまいたいよ」

「そうだよ。ひどいよ。悔しいよね」

「夢見さんは、黄表紙をかくためにあたしと付き合ったんだよ。あたしがどんな顔をして、どんなことを言うのか見てたんだ。それをみんなこの黄表紙につぎ込んだんだよ。最初から、そのつもりだったんだ」

初花は声をあげて泣いた。

お近は悲しい気持ちで投げ捨てられた黄表紙をながめた。

初花は夢見のために雨宮と別れた。そのためにおかあさんとの折り合いも悪くなったし、とばっちりを受けた姐さんたちに意地悪もされた。それでも初花はいつもどおりに座敷をつとめた。

その初花の純情を夢見はあっさりと裏切った。

初花の気持ちは分かっていたはずなのに。

お近は黄表紙を取り上げた。そして、最初からゆっくりと、ていねいに読んだ。のぞき見的な趣味の悪い話と思っていたが、芸者とのあれこれは一部で、全体を読むと江戸の豊かな暮らしに憧れた若者の成功と挫折《ざせつ》の物語だった。優柔不断で特別な技や経験があるわけではなく、努力も嫌い。そういう自分を冷めた目でながめ、読者といっしょに笑っている。

この黄表紙が世に出れば初花は傷つく。別れになるだろう。

それでも、かかずにはいられない。

それが夢見という男だ。

「今、こんなことを言ってもなぐさめにならないかもしれないけどさ。……夢見さんの初花さんへの気持ちは本物だったと思うよ。ずっといっしょにいてほしいと思っていたよ。でも、この黄表紙をかいたんだ。そういう人なんだよ。かかないと生きていかれないんだ。たとえ大事な人を傷つけて二度と会えなくなったとしても」

「だったら、自分なりに変えてかけばいいじゃないか。黄表紙の場面は部屋の様子も、なにもかもそっくりそのまんまなんだよ」

「……だからさ、それができないんだよ」

「分からないよ。あたしには分からない」

それからはお近がなにを言っても、初花は泣くばかりだった。

どれくらい時が経《た》っただろう。

階段を上ってくる大きな足音がして襖ががらりと開いた。目を吊り上げて怒っている阿さ川のおかあさんだった。

「初花。いい加減におし。お前、いつまでそうやって泣いているつもりだよ。あんたをこんなふうに笑いものにされて、このまま引き下がったりはしないからね。あの男のところに談判に行く。こてんぱんにして、取るもの取って、ぎゅうといわせるんだ。お前もいっしょに来るんだよ」

「おかあさん、それはやめて」

初花は布団から飛び出した。

まぶたは腫れて顔つきがすっかり変わり、島田もくずれて長い髪がぼうぼうになっている。

「お前、自分の様子を鏡で見たかい？　せっかくの器量が台無しだよ。とにかく、まず、風呂に入って化粧を直さなきゃ」

おかあさんは初花を引きずるように階下に連れていった。

お近もそれを潮に置屋を出た。

お近が店を抜けて少しすると、また新しい客がやって来た。

おりきと鴈右衛門だった。

「ねぇ、今、大評判の朝木亭夢見の黄表紙を読んだ？　あたし、手に入れたのよ」

席につくなり、おりきは懐から取り出した。

「ほう、見せてくれよ」

徳兵衛がさっそく手を伸ばす。お蔦が読み、そうなれば「悪趣味」だと言った惣衛門も目を通すことになる。ひととおりめぐって、お高にも回ってきた。お栄ものぞきこんだ。

――今はむかし、海辺の村に海原磯太郎なる男ありけり。生まれつき浮気な性《しょう》にして退屈な日々に倦《う》み、江戸に出て絵師となることを思いつく。

『なに、江戸に出ればなんとかなるじゃわい。昔なじみの時蔵《ときぞう》も今は艶一郎《つやいちろう》と名を改め、黄表紙をかいて結構に暮らしているそうじゃ』

男は故郷に別れを告げ、江戸に上ることを決める。

若い男が砂浜に座って海をながめている。鼻はあぐらをかいており、お世辞にも美男子とはいいがたい。

江戸に出た磯太郎は艶一郎と会い、絵師としての一歩を踏み出す。しかし、仕事らしい仕事はなく、日々が過ぎていく。磯太郎の脇には筆や絵筆、紙が散らばっている。

もちろん、艶一郎も話に聞いていたのとは大違い。売れない黄表紙作家である。

小腹がすいたので、昨日の粟餅《あわもち》でも食べようかと思いつつ、うとうとしていると障子戸を叩く者がいる。

長屋の隣の部屋の娘である。

『おや、磯太郎さん。なにをしておじゃる。よい年ごろの人がそんなことではいけません』

娘がなにくれと世話をしてくれ、磯太郎はいい仲になってしまう。いつの間にかその娘と所帯をもち、娘の仕立て仕事で暮らすようになる。

そこへ艶一郎がやって来て、いっしょに黄表紙をつくろうと誘ってくれる。

艶一郎と同じ名の吉原《よしわら》のもて男の話である。艶一郎はどこに行っても、よくもてる。

その秘訣《ひけつ》を大公開という趣向である。

たとえば、恋文の『封じ目をつけぬと縁が切れる』。

手紙のはしを折り曲げておかないとお互いの仲が切れるという意味だ。

また、女が文の終わりに本名を書いてくるようになると、商売を離れて深い思いになったということだから、後が面倒になるから注意せよ。

流行りの着物、持ち物についてもあれこれと指南が続く。袖《そで》模様の着流し、その袖からのぞく色物の襦袢《じゆばん》、色足袋《いろたび》、草履《ぞうり》。仕上げは派手な色物の手ぬぐいである。

生まれつき浮気性の磯太郎は勉強のためにと言い訳しつつ、艶一郎と吉原、深川へと繰り出す。やがて深川の芸者、海苔丸と深い仲になり、借金を重ね、女房を泣かせてもやめられない。磯太郎はみんなによい顔をしたい男なのである。

困っていると、ある日、艶一郎、磯太郎の黄表紙が売れだす。

手のひらを返すように周囲がちやほやしだした。

こんどは、日本橋芸者の花豆とよい仲になり、海苔丸と花豆は磯太郎を取り合う。

そこで例の湯豆腐の場面が出てくる。

『うまい、うまい。世の中に湯豆腐ほどの幸せはないものじゃ』

海苔丸と差し向かいで磯太郎が湯豆腐を食べている。胸元を広げ、縞の丹前《たんぜん》をだらしなく着た磯太郎の口に、海苔丸が自分の箸《はし》で豆腐を運んでいる。その後ろの戸が細く開いて、弁当らしい包みを手にした花豆の顔がある。花豆は驚き、べそをかいている。

『お前ほどの人はいないとちぎったのは、おとついのこと。まだ、耳元にその声が響いている。それなのに、今日はもう海苔丸さんと。それは、いくらなんでもあんまりじゃ』

女房がいながらふたりの芸者の間を右往左往する磯太郎の描写が続く。どちらも好きで、両方にいい顔がしたい。その場しのぎの甘い言葉をささやいて、結局自分の首をしめている。

物語は終盤に向かう。

磯太郎のいい加減な仕事ぶりで人気がなくなり、海苔丸と花豆の両方に愛想をつかされる。妻のいる家に戻ると、妻は子供を連れて去っていた。

そこで磯太郎は目を覚ます。戸を叩いたのは隣の部屋の娘ではなく、長屋の差配である。

『今日こそ、家賃を払ってもらわねば、出ていってもらうことになる』

『なに、金も尽きたことじゃ。時蔵も話ばかりで相変わらずの貧乏暮らし。このまま、江戸にいてもなにということもなかろう。帰るばかりじゃ』

――古人曰《いわ》く、浮世は夢の如《ごと》し。磯太郎の恋物語も邯鄲《かんたん》のまくらの夢も、うたかたの泡のごとし。

栗餅と泡をかけているらしい。

「面白いじゃないですか」

お栄が少し怒った様子で言った。

「そうねぇ。黄表紙のことはよく分からないけど……。想像していたのとは違ったわ」

お高も答えた。

磯太郎はお人よしのお調子者だ。

望んだものを手に入れても、自分のせいで失《な》くしてしまう。

けれど、磯太郎の気持ちはよく分かる。だれの心にも磯太郎は住んでいるからだ。

夢を描いて江戸に来る者は多いけれど、夢をかなえる者はわずかだ。

「どうしてでしょうね。読んだあと胸が少しひりひりしますね」

惣衛門が言った。

「そうですなぁ。ほら、夏の終わりの夕方の感じってあるでしょう。淋しいような切ないようなあの気持ち」

鴈右衛門がうなずく。

「絵もそうですけど、言葉がね。胸のやわらかいところに響くんですよ」

お栄も続ける。

「それがつまり売れるってこと？」

おりきが大きな声でたずねた。

「恥ずかしいところも、隠しておきたいところも、この人はみんな、面白おかしくかいちまうんだねぇ。なかなかできることじゃないよ」

お蔦が細い指先で黄表紙をはじいた。

お高は夢見の言葉を思い出していた。

――絵を描くとか、物語を紡ぐなんてことは不幸な人間のすることとですよ。

夢見は自分の弱さを武器にこの黄表紙を完成させたのだろうか。

『恋の田楽』は実際の話が下敷きになっているという噂が流れた。

やがて、日本橋雀《すずめ》たちは花豆とは初花のことだと探り当てた。江戸でも指折りの札差をふって夢見に夢中になっていたのだとささやきあった。

その噂は、初花の名前をあげることになった。

あっぱれ、それでこそ「見栄と張り」の日本橋芸者だというのである。

お近が久しぶりに初花に会ったとき、初花は以前の明るさを取り戻していた。

お座敷に向かうという初花は夏の花のようにあでやかだった。

「あたし、分かったの。あたしが好きだったのは家でくつろいでいる安造さんじゃなくて、お座敷にいるときの気取って、自分を何倍にも大きく見せているときの夢見さんだったのよ」

「そうだね。初花さんが恋をしたのは、江戸で話題の絵師の朝木亭夢見さんだ。素顔に戻った安造さんじゃなくてさ」

お近はうなずいた。

「あたし、本当に馬鹿だったわ」

「なにを言ってるんだよ。芸者に浮名はつきものだよ。恋が芸者を磨くんだ。初花さんがめざすのは、日本橋一の芸者さん。踊りも三味線も一流で、贅沢が似合って、みんなに夢を見させる人だってば」

「うん、うん。そうだよね。あたしは見栄と張りが自慢の日本橋芸者だもの」

そう言いながら、初花の目がうるんだ。

「だめだよ、泣いちゃ。化粧がくずれるじゃないか。芸者は泣いたらだめなんだよ」

お近は叱った。

「そうだった。忘れていた」

初花は笑い顔になった。

雨宮と別れた初花は、あちこちから面倒をみたいと声がかかっているという。今はまだ、その気持ちにはなれないけれど。雨宮もまた、計算高い置屋のおかあさんたちに半玉《はんぎょく》や若い芸者を売り込まれ、せっつかれているらしい。

「雨宮さんに会うと、元気かって聞かれる。やさしい人だったわ。今、気づいた」

「うん、そうだね。そういうもんだよ」

お近は答えた。

空は秋の気配をたたえていた。

時代小説文庫
な 19-9

うどは春《はる》の香《かお》り 新《しん》・一膳《いちぜん》めし屋《や》丸九《まるきゅう》●

著者 中島久枝《なかしまひさえ》

2024年6月18日第一刷発行

発行者 角川春樹

発行所 株式会社 角川春樹事務所
〒102-0074 東京都千代田区九段南2-1-30 イタリア文化会館

電話 03(3263)5247[編集] 03(3263)5881[営業]

印刷・製本 中央精版印刷株式会社

フォーマット・デザイン＆シンボルマーク 芦澤泰偉

ISBN978-4-7584-4639-6 C0193

http://www.kadokawaharuki.co.jp/[営業]
fanmail@kadokawaharuki.co.jp[編集] ご意見・ご感想をお寄せください。